U0068432

留給明天的灰塵

林良等 著

國立臺灣師範大學 出版
國立臺灣師範大學文學院 主辦｜國立臺灣師範大學全球華文寫作中心 承辦

第二十二屆紅樓現代文學獎

院長序

紅樓現代文學獎迄今已走到第二十二屆，這二十多年來師大文學院一向秉持提倡校園創作風氣、鼓勵青年學子在文學創作上實踐想像的宗旨。如今，本獎項已成為有志於寫作的學子發表文學創作的場域。

本屆將主題訂立為「解封你的筆尖」，旨在激發新冠肺炎疫情緩和後，每一個蠢蠢欲動的繆思。受疫情影響的這幾年，世界也更動了它的面貌。很顯然的，生活正在加速形變、挑戰慣性。而我們藉由文學去觸探真理，去理解敏感多情的自己，去創造。

紅樓現代文學獎的徵稿對象為臺灣大學系統的本國籍與外國籍學生，自從開放臺大、臺科大、臺師大三校聯盟學生投稿以來，投稿作品日趨多元，質與量皆有所突破，題材上除校園生活外，另有書寫家族、自剖情感議題及職場生活等主題。

今年徵稿的文類如同以往，有散文、現代詩、小說與舞臺劇劇本四個組別。來稿數目從去年的兩百七十六件增為三百一十九件，其中通過初審作品包括散文組五十四件、小說組二十三件、現代詩組六十五件，以及舞臺劇劇本組六件，由此可見同學們在書寫創作上十分踴躍。此外，第二十屆起增設的「全國高中散文組」，今年通過初審者多達一百四十五件，匯集各路愛好藝文的學子們，帶著自己的創作與我們一同參與文學的盛事。

前兩年由於疫情嚴峻，決審會議改為線上交流，雖然人與人無法面對面交談，但文學藝術仍透過其它媒介持續與你我對話。今年決審會議再次回到校園，除了讓各組參賽者能夠與評審近距離交流，也開放對文學獎或創作本身有興趣的學生及一般民眾一起參與實體會議的討論。紅樓現代文學獎除了一年一度的徵件外，也邀請青年作家前來開設沙龍講座，希望能以校園為起點，落實藝文推廣。

最後，要感謝本校吳正己校長對紅樓現代文學獎的支持，以及全球華文寫作中心須文蔚主任與其領銜的工作團隊的辛苦付出時間及心力。在此，也謝謝文壇作家與專家學者們接下評審重擔，從複審到決審，層層審核、細讀作品，讓值得肯定的作品都有被看見的一天。感謝大家，紅樓現代文學獎因為有你們的參與才得以豐碩成長！

國立臺灣師範大學文學院　陳秋蘭院長

第二十二屆紅樓現代文學獎

主任序
喜有新苗次第生

我從小就懷抱著作家夢，大學時雖然讀法律系，每天讀判例，寫摘要，背法條，但停下觀察巨變中的社會，寫下詩篇，每年投稿校園文學獎。記得第一年只得到第三名，再接再厲，竟然拔得頭籌。

當年還不時興評審會，看校刊登出的評審紀錄，赫然發現，我入圍現代詩組決審，最後一輪投票，三位評審，給了三篇作品完全不一樣的次序，因此積分加總，一模一樣。在僵持不下的僵局中，給我第一名的是瘂弦老師，正因為他的堅持，我能奪得首獎，也激勵了一個法律系的孩子堅定走向現代詩的創作道路。

記得剛到東華大學任教時，一群憂心忡忡的學生抱怨學校不補助文學獎，我回應：「就算是拿奶粉罐沿街募款，也要辦下去。」

把這個困境告訴愛好創作的曾珍珍老師，她挺身而出，找校長爭取，延續了一個校園文學獎的命脈。於是老師們共組委員會，每年延聘作家擔任評審，召開公開的評審會，讓有志於創作的學子閱讀參賽作品，聆聽多元的評論意見，探勘思考與表達的深度，提高品味文字的能量，就成為一個慣例。

相較於許多大專文學獎已經舉辦超過半世紀，第二十二屆紅樓現代文學獎還剛擺脫青春期，堅持邀請臺大、臺師大與臺科大三校學生投稿，縱使遭遇新冠疫情的衝擊，也還堅持線上講評，務必讓這一場跨校的競技能發揮文學教育的目標，不以拔尖掄元為目標，而是期待培養有創作興趣的學子，更理解寫作是社會行動，藉由發表與接受批評，理解自身與他人作品在專家眼中的意義，開始從事更真實的文字工作。

有緣辦理三屆紅樓文學獎，擴大了參與的投稿者到各高中，期待文學創作的種子能遍灑，喜有新苗次第生，未來能茁壯成一座文學森林。感謝陳芳、范宜如、祁立峰與何維剛老師擔任召集人，全球華文寫作中心簡乃韶小姐與伍筱媛助理的傾力執行，才能解封同學的筆尖，讓我們閱讀到激動人心的作品。

國立臺灣師範大學全球華文寫作中心　須文蔚主任

院長序　003
主任序　005
紅樓文學沙龍介紹　011
評審介紹　013

現代詩

現代詩　總評摘要　022
首　獎－林　良〈方形西瓜〉國立臺灣大學　中國文學系碩士班　025
評審獎－古君亮〈螳螂〉國立臺灣師範大學　國文學系　030
佳　作－江柏蓁〈自畫像〉國立臺灣大學　醫學系　035
佳　作－辛品嫺〈無限迫近的雙手——2022秋．北美館〉國立臺灣師範大學　社會教育學系　039
佳　作－管偉森〈一段肥宅在正裝打扮的自述〉國立臺灣大學　中國文學系博士班　042

現代散文

現代散文　總評摘要　048
首　獎－周孟平　〈留給明天的灰塵〉　國立臺灣師範大學　國文學系　052
評審獎－羅宇宸　〈填補蜂巢〉　國立臺灣師範大學　華語文教學系　063
佳　作－黃品璇　〈棄〉　國立臺灣師範大學　國文學系碩士班　072
佳　作－楊敏夷　〈黑過誰——記東菜市場的小黑〉　國立臺灣師範大學　國文學系博士班　082
佳　作－羅菩兒　〈屬地的雪〉　國立臺灣師範大學　國文學系　091

現代小說

現代小說　總評摘要　100
首　獎－林佩妤　〈桃子〉　國立臺灣大學　社會學系　103
評審獎－黃郁安　〈輓歌〉　國立臺灣大學　歷史學系碩士班　124
佳　作－王有庠　〈undercut〉　國立臺灣師範大學　臺灣語文學系　133

佳　作－陳有志　〈挪威的森林〉　國立臺灣師範大學　國文學系　153
佳　作－彭思瑋　〈驚蟄〉　國立臺灣師範大學　國文學系　179

舞臺劇劇本

舞臺劇劇本　總評摘要　196
首　獎－陳姿卉　《開到荼蘼》　國立臺灣大學　戲劇學系　199
評審獎－夏琳　《來自遠方》　國立臺灣師範大學　國文學系　210
佳　作－張曉逸　《寂寞狂想舞》　國立臺灣大學　戲劇學系碩士班　230

全國高中生散文

全國高中生散文　總評摘要　254
優　選－白佳倫　〈區間快〉　臺中市立臺中女子高級中學　256
優　選－杜孟軒　〈叛便〉　宜蘭縣立慈心華德福教育實驗高中　260

優選－林子維〈智齒〉臺中市立惠文高級中學 265
優選－林羽宸〈漸淡〉臺南市黎明高級中學 269
優選－林真尹〈熱帶魚〉臺北市立松山高級中學 274
優選－陳彥妤〈無話可說的夏天〉國立馬公高級中學 279
優選－陳歆恩〈藏惡〉國立南科國際實驗高級中學 284
優選－張軒瑜〈大富翁〉國立新營高級中學 289
優選－劉子新〈無聲〉國立嘉義女子高級中學 293
優選－蔡育慈〈媽煮〉嘉義縣立竹崎高級中學 298
第22屆紅樓現代文學獎暨全國高中紅樓文學獎徵件簡章 303

紅樓文學沙龍介紹

紅樓文學沙龍於每年紅樓文學獎徵稿期間，邀請文壇上優秀亮眼的青年作家，蒞校向同學分享創作的歷程與經驗。

隨著疫情趨緩，二〇二三年紅樓文學沙龍與讀者在梁實秋文學故居再次聚首，透過實體講座重新拉近人與人之間的距離。藉由講者現場分享自身創作經驗，來往對答之中，期許能夠邀請青年學子一窺寫作的堂奧，在紅樓文學沙龍裡獲得不同凡響的創作思考。

今年度邀請青年劇作家馮勃棣，分享編劇之路上由初出茅廬至專職編劇的心路歷程。馮勃棣從大學時代跨系修習戲劇系的課說起，梳理過去不同時期的創作突破，鼓勵青年學子多方嘗試之餘，也旁證了他的個人創作觀。

—講師介紹—馮勃棣

一九八二年生，劇作家。曾獲臺灣文學獎舞台劇本首獎、台北電影節最佳編劇，數度榮獲臺北文學獎（舞台劇本）、「拍台北」電影劇本徵選獎等獎項。

著有電影劇本代表作《帶我去月球》、《江湖無難事》。劇場作品《我為你押韻——情歌Revival》、《Dear God》、《神農氏》、《蘑菇》等。書籍著作《劇本的多重宇宙：馮勃棣導航，39部電影的故事力與生命啟示》、《寂寞寂寞不好：馮勃棣劇本集》。

創作是不斷推翻自己的過程

寫作習慣一再被推翻，馮勃棣成為職業編劇後，對創作又有新的理解：過去進行藝術性創作，為了自己而寫，期望觀看世界的角度可以被他人理解，如今處在業界須以大眾喜好為優先考量，反而需要主動理解他人。

馮勃棣認為藉由創作，能夠記錄某一片刻的人生圖景，以及當下稍縱即逝的掙扎和體悟——這便是創作有趣的地方，他篤定地說，生命的樣貌將由你來決定。

講座側記全文：

https://reurl.cc/dD1j6y

評審介紹

現代詩組

召集人／須文蔚

詩人，國立臺灣師範大學國文學系教授。東吳法律系學士、政大新聞碩士、博士。創辦台灣第一個文學網站《詩路》，曾任《創世紀》主編、《乾坤》詩刊總編輯等。出版詩集《旅次》與《魔術方塊》；研究《台灣數位文學論》、《台灣文學傳播論》；報導文學《看見機會：我在偏鄉15年》；繪本《月牙公主》等。

評審／李進文

一九六五年生，臺灣高雄人，曾任遠足文化、臺灣商務印書館、聯合文學出版社總編輯，明日工作室副總經理，媒體記者等。著有《奔蜂志》、《野想到》、《微意思》、《更悲觀更要》、《靜到突然》、《一枚西班牙錢幣的自助旅行》等多部詩集和散文集。曾獲林榮三文學獎、聯合報文學獎、時報文學獎、臺北文學獎、吳濁流文學獎等。

評審／廖之韻

一九七六年生於台北市，雙子座。寫詩、寫文、寫故事。讀書、做書、賣書。偶爾跳舞。奇異果文創創辦人兼總編輯，最近還開了底加書店。

著有：詩集《少女A》、《好

好舞》、《持續初戀直到水星逆轉》、《以美人之名》；散文《我吃了一座城》、《快樂、自信、做妖精》；小說《裸‧色》、《備忘》。主編《性別平等議題多元選讀本》。

評審／鄭智仁

臺南人，國立東華大學中國語文學系博士，現任高雄醫學大學語言與文化中心助理教授。研究領域為現代詩與現當代文學，曾獲優秀青年詩人獎、周夢蝶詩獎等，著有詩集《時間的節拍》。

現代散文組

召集人／范宜如

曾任韓國啟明大學中文系客座教授，現為國立臺灣師範大學國文學系專任教授。研究領域為明清文學、空間與文學、報導文學。著有《行旅地誌‧社會記憶：王士性紀遊書寫探論》；合著有《風雅淵源：文人生活的美學》、《文學@臺灣》、《傾聽語文：大學國文新教室》等書；編著有《另一種日常：生活美學讀本》（與凌性傑合編）。

評審／周芬伶

屏東人，政大中文系畢業，東海大學中文研究所碩士，現任教於東海大學中文系。以散文集《花房之歌》榮獲中山文藝獎，《蘭花辭》榮獲首屆台灣文學獎散文金典獎。《花東婦好》獲二〇一八金鼎獎、台北國際書展大獎。作品有散文、小說、文論多種。近著《花東婦好》、《濕地》、《北印度書簡》、《紅咖哩黃咖哩》、《龍瑛宗傳》、《散文課》、《創作課》、《美學課》等。

評審／鍾文音

淡江大傳系畢，專職寫作。曾赴紐約習畫，一個人旅行多年。

參與國內外大學作家駐校計畫，擔任客座教授，授課小說與散文創作。

近年長居島內，筆耕不輟。曾獲多項重要文學獎，已出版多部旅記、散文、短篇與長篇小說。二〇二一年以《別送》摘得台灣文學金典獎年度大獎。

最新短篇小說《溝》（二〇二〇），最新長篇小說《命中注定誰是你》（二〇二二）。二〇一六年起以七年時光織就「母病三部曲」——散文《捨不得不見妳》、小說《別送》、札記《訣離記》。

評審／鍾怡雯

元智大學中語系教授。著有散文集《河宴》、《垂釣睡眠》、《聽說》、《我和我豢養的宇宙》、《飄浮書房》、《野半島》、《陽光如此明媚》、《鍾怡雯精選集》、《麻雀樹》等；論文集《馬華文學史與浪漫傳統》、《經典的誤讀與定位：華文文學專題研究》、《當代散文論Ⅰ：雄辯風景》、《當代散文論Ⅱ：后土繪測》、《永夏之雨：馬華散文史研究》、《翦影之秘：當代中國散文研究》等；並主編多部選集。

現代小說組

召集人／何維剛

國立臺灣師範大學國文學系助理教授，研究興趣為六朝文學，亦有古典詩創作。著有《文體、文學史與政治文化變動下的六朝上表書寫》、《維剛詩草》等。

評審／何致和

國立東華大學創作與英語文學研究所碩士，輔仁大學比較文學博士，現任中國文化大學中文系文藝創作組專任助理教授。著有短篇小說集《失去夜的那一夜》，長篇小說《白色城市的憂鬱》、《外島書》、《花街樹屋》、《地鐵站》。譯有《巴別塔之犬》、《時間箭》、《白噪音》等多部英文小說。

評審／郝譽翔

國立臺灣大學中文博士，現任國立臺北教育大學語文創作系教授。著有小說《那年夏天最寧靜的海》、《逆旅》、《洗》；散文《和妳直到天涯海角》、《溫泉洗去我們的憂傷》；論著《大虛構時代》、《情慾世紀末》等。曾獲金鼎獎、開卷好書獎、時報文學獎、中央日報文學獎、台北文學獎、新聞局優良電影劇本獎等。

評審／方清純

本名方瑞楊，雲林虎尾人，一九八四年生，著有短篇小說集《動物們》（九歌出版）。

舞臺劇劇本組

召集人／陳　芳

現任國立臺灣師範大學國文學系特聘教授，曾任美國史丹福大學（Stanford University）和喬治・華盛頓大學（George Washington University）訪問學者，臺灣莎士比亞學會與中華戲劇學會理事長。曾獲第五十四屆中山學術著作獎，著

有學術專書《抒情・表演・跨文化：當代莎戲曲研究》等十餘部。另與彭鏡禧教授合著戲曲劇本《約／束》等五部；其中《背叛》榮獲第二十六屆傳藝金曲獎最佳年度演出獎。

評審／黃致凱

畢業於國立臺灣大學戲劇系第一屆，現任故事工廠藝術總監・編・導，喜歡從哈哈鏡裡看生活，近年來著重「類型戲劇」的開發，以及舞台畫面的經營，作品風格多元，探究社會現象，常在嚴肅的議題中，放進喜劇的元素，讓觀眾有多重的情感體驗。除了原創外、改編、跨界皆多有嘗試。座右銘是「把世界變成我們喜歡的樣子」。

評審／蔡柏璋

國立臺灣大學戲劇系第二屆，英國倫敦皇家中央演說暨戲劇學院音樂劇場碩士。二〇〇九至二〇一八年與呂柏伸共同擔任台南人劇團聯合藝術總監。劇本《木蘭少女》獲府城文學獎首獎，於台北國家戲劇院、新加坡聖淘沙名勝世界TM劇場演出。電視影集形式舞台劇《K24》，更開創臺灣劇場史上第一齣連演六小時喜劇的新記錄，受邀擔任第八屆華文戲劇節開幕節目。

評審／汪兆謙

國立臺北藝術大學劇場藝術研究所碩士，主修導演。阮劇團創辦人，藝術總監；新嘉義座創辦人。國家兩廳院「藝術基地計畫」駐館藝術家（二〇二一至二〇二二年）。大學時期返鄉創立阮劇團，長年於嘉義地區進行戲劇創作與教學推廣工作。近年以「常民文化」為核心創作主軸，探索「常民文化與現代劇場」接軌之可能性。

全國高中生散文組

召集人／祁立峰

國立臺灣師範大學國文學系專任教授。曾獲臺北文學獎、教育部文藝創作獎，著有《讀古文撞到鄉民》、《國文超驚典》、《亂世生存遊戲》等著作，獲文化部中小學優良讀物「精選之星」推薦，目前文章連載於國語日報之「青春講堂」、「古文不思議」等專欄。

評審／張堂錡

國立政治大學中文系教授兼系主任、文學院「民國歷史文化與文學研究中心」主任。研究專長為中國現代文學史、現代散文、澳門文學。著有散文集《舊時月色》、《當時明月在》；小說集《阿財與野薑花》；人物報導《生命風景》；學術專著《民國作家的抒情意識與審美實踐》、《邊緣的豐饒：澳門現代文學的歷史嬗變與審美建構》等十餘種。曾獲中國文藝獎章、中興文藝獎章。

評審／宇文正（攝影／吳景騰）

本名鄭瑜雯，美國南加大東亞語言與文化研究所碩士，現任聯合報副刊組主任。著有詩集《我是最纖巧的容器承載今天的雲》；小說集《台北卡農》、《微鹽年代‧微糖年代》；散文集《那些人住在我心中》、《庖廚食光》、《文字手藝人：一位副刊主編的知見苦樂》、《我們的歌——五年級點唱機》及傳記、童書等二十餘種。

評審／曾文娟（攝影／吳志林）

東吳大學中文系學士，國立臺灣師範大學高階經理人企業管理碩士ＥＭＢＡ（碩士論文：〈數位時代台灣出版業原創平台與經紀人制度之研究〉）。

現任：洪建全基金會研發長、時報文化特約專案總編輯。

曾任：天下文化出版公司資深編輯、93巷人文空間副理，格林文化出版公司專案經理，遠流出版公司企劃經理，遠流出版四部總編輯＆總監，時報文化出版公司第四編輯部總編輯。

現代詩

首獎
林良
方形西瓜

評審獎
古君亮
螳螂

佳作
江柏蓁
自畫像

佳作
辛品嫻
無限迫近的雙手——2022秋・北美館

佳作
管偉森
一段肥宅在正裝打扮的自述

現代詩　總評摘要

李進文老師

李進文老師觀察到現今校園文學獎的現象：題材寬廣，網路世代得到的訊息非常多元，但也可能是碎片化的，需要再斟酌如何處理細節。

老師分為三個步驟來說明如何判斷作品完成度：首先在於想像力，創作者應該對於書寫對象抱持獨特的個人觀點，再透過技術及結構呈現它。本屆大部分作品情感及議題性兼具，但是技術不太成熟；可能閱讀量足夠，不過還需練習。除了詩作情感的真實性，也可以思考詩如何直面當代，也就是現實性的內容，思考如何透過技術表達對於議題的想法。

本屆部分詩作的構成有些散文化，這就牽涉到作者如何結構整首詩。例如透過意象來處理整首詩，進而營造氛圍與節奏。以口語詩為例，口語化句子也能放進詩中，跟詩的品質高下沒有必然關係。且口語詩反而更需要去處理結構，有機地串聯口語化句子。

最後，老師提醒詩可以保留距離美感，並以「刺蝟效應」作喻：兩隻刺蝟需要靠近才能取暖，卻又因過度接近而刺傷彼此。寫詩就需像這樣去拿捏距離，若即若離。

廖之韻老師

廖之韻老師觀察到有個有趣的現象：很多詩作內部充滿劇情，如同用詩來看故事或是小說。但若是沒有處理好，可能造成過度散文化，或是喪失詩的留白美感。老師也在意詩的節奏感，主要從斷句、用詞的韻律感來評斷。老師同樣認同口語詩書寫，但會思考口語化的詩句是否有其效果，或能否表達作者意念。

此外，如同進文老師所言之技巧，老師也在乎文字的熟練度，期待作者將常用語詞翻出新意；就這點而言，某些同學的句子相當令人驚豔。

鄭智仁老師

鄭智仁老師在這次的稿件裡面，看到相對於南部風情，更多北部大城市當中的疏離；許多同學用詩來跟世界

鄭智仁老師

廖之韻老師

李進文老師

對話，評選時難分高下。評選作品時，老師的標準大致分為以下三種：首先是意象和張力。老師引用布魯姆《讀詩的藝術》所言：「詩是一種比喻性的語言。」說明詩該串聯比喻，結合意象和情感，而非純粹裝飾用的文字遊戲，應該凝鍊而避免散文化。此外，可檢視詩中有無對比造成的張力，是否前後邏輯暢通，形成層次感。

第二是結構性、完整性。內容需扣緊題目，如同買房子首重地基穩固，而不一定需要多餘的公設。許多作品佳句多，最後卻沒有好好收束；寫詩若能經營好結構，炫技反而是多餘的。

第三則是思想性。如同楊牧老師所說：「詩是愛、美、同情與反抗。」老師會檢視內容有沒有反抗意識？如果是寫日常的事物，能否透過創新來做為反抗，掙脫日常的牢籠？若要對抗成長過程的失落，可以因為不甘心而回歸童年的純真；至於挑戰權威體制、諷刺社會，也都是種反抗。詩若無思想性就容易無病呻吟，這種反抗精神會為詩帶來張力，也能引起讀者共鳴。

首獎／林良
方形西瓜

作者簡介

婆羅洲島民。一九九九年，生於砂拉越詩巫。畢業於國立臺灣師範大學國文學系，現就讀於國立臺灣大學中文所碩一。二十歲前夕在臺灣初識文學，也是在這個時候學會喝酒，謝謝臺灣。除了躺著，還喜歡文學電影音樂運動。

得獎感言

母親曾叫我寫詩，我說我不懂詩。後來發現說不出話，就開始寫詩。還是不太懂詩，但是話卻說出來了。

謝謝給我文學啟蒙的老師，謝謝鼓勵我繼續寫下去和願意讀我的作品的人。

用這首詩紀念掙脫二〇二〇想像和希望束縛的一代人，終於解脫到現實跟前。

但願從此以後我們都是自由生長的西瓜，不再被意義勒索規範填充。

我們有詩和生活。

方形西瓜

詩人要想寫詩就不得不寫詩，最好是
在詩裡寫詩，在思想裡思想（最好是）

要怎麼開始寫？先看遠方
棚架上纏繞的西瓜藤，吊著
珠玉在前，你是否看見
形狀大小紋路色彩狀態用以說明
（這和詩人和詩有什麼關係？）
甜度，含水量
攸關成熟度，西瓜種植延伸出的問題：

卷卷的西瓜藤盤上棚架，末梢懸掛一孤獨西瓜，綠色身軀綴以墨綠
紋路，鮮明而勻稱，起點和終點在蒂頭象徵一致的鮮紅火熱，蕩漾
在年輕的靈魂，圓形的時間，龜裂的土地，是否有遠古傳來的宿命

必須有創意和創造力，我們的下一代
下一批西瓜，是你們沒見過的
方形西瓜
——西瓜怎麼可能是方形的
有人發出咆哮，兇狠的質疑（你到底什麼時候要開始談詩
這不是西瓜的事）

鋒利的白刃刺穿綠色的高牆，劃下
幾何的魔法。圓滑有了稜角
就是我們的下一代，方形的西瓜
開始量產同一種美感

「如果你稍微做一點功課就會知道方形西瓜
不是這麼誕生的，詩意是
你在無形中被動捕捉到的
PM 2.5，在透明容器裡，隨時爆發
在這之前將之釋放，就會得到一顆完美的方形西瓜」

瓜蒂、波紋、色澤、聲響
西瓜甜度的佐證，上一代的智慧
我們也有，還有——
噱頭，沒有了
上一代西瓜的下一代
瓜熟蒂落還是一樣的西瓜
只是不甜且沒有驚喜
於是方形西瓜之後

圓形香蕉，心形果農，三角形的方形，人形的魚和機械似的人
以為是外延的問題，一代不如一代

必須有創意和創造力，我們的下一代
下一批西瓜，是你們沒見過的
比詩人還會寫詩的西瓜

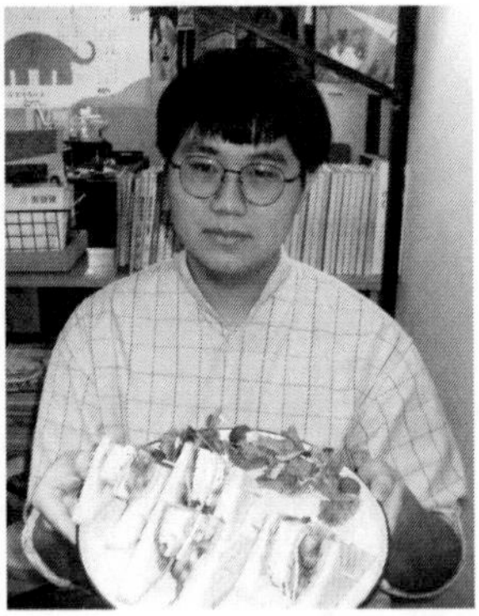

評審獎／古君亮

螳螂

作者簡介

二〇〇四年生，苗栗人，臺師大國文學系在讀。曾獲台積電青年學生文學獎。喜歡在浴室跟深夜的馬路上寫詩。目前還在努力學習把詩寫好。

得獎感言

「世界太新，很多事物還沒有名字，必須用手指頭伸手去指。」我們這個時代的寫作者該如何指認苦難，當「奧斯維辛之後，寫詩是野蠻的」？該如何凝視這些洞？我還在思考。

謝謝高中時期賃居的小套房，謝謝每次當我第一讀者並總是包容我把你寫進詩裡的P，最美好的句子因這些物事而生。

螳螂

三個月前搬入一戶舊公寓
變得淺眠
碎聲反覆吵醒清晨
比如冰箱低頻運轉、鄰居買報的腳步、屋簷的家燕振翅
今早，聽到有東西正在斷裂

一隻螳螂鋸著紗窗
模樣像在禱告

我盯著牠的複眼陷入幻想：
螳螂會向上帝祈求什麼？
一週捕到兩隻蟋蟀、更優先的交配權

還是更形上學的
探問自己的存在與不在？

覺得人格化一隻螳螂很可笑
於是走進浴室洗漱
刷牙時想起昨晚讀的《策蘭傳》
不禁把上個世紀最苦澀的杏仁
餵給那隻螳螂
我回到窗前
開口詢問：
「你從對街的公園流亡到這裡嗎？
你把頂樓加蓋的套房當成大使館嗎？」
牠的口器快速開合
亟欲訴說蒙受的苦難
牠沒有聲帶

我卻能聽見寂靜中的虛無
我不忍牠承受久遠的黑暗
邊流淚邊
試著把鐵紗網剪破
邀請牠進來
等待重新擁有擬態的時刻

有隻喜鵲飛來
扯斷牠的頭
然後對著公園黑板樹上的巢
啞啞的叫著：
「再加上一隻。」
後來每個訪客都問：
為什麼紗窗破了卻不修補？

我會請他們湊近　說：
「你正見證，這個時代最痛苦的洞。」

佳作／江柏蓁
自畫像

作者簡介

江柏蓁，就讀於國立臺灣大學醫學系。目前時間軸呈跳躍式前進，十分需要長出第二顆腦袋來重置混亂的日子。

得獎感言

夜晚容易傷心，所以我不是會熬夜的人，但如果熬夜寫詩就很快樂。

自畫像

我看鏡子裡的妳失魂依舊
圍剿痘痘像是建蓋一座座牢籠
眉眼不笑
在舞池裡，徒留黑眼圈與焦慮交手
妳說成為不了盛開的玫瑰
就只能揉碎釀成酒
氤氳變成毒氣，而美麗需要距離
這裡太近，我逐漸失明

讓我重新為妳描出輪廓
疊一些鮮嫩的血管和腦
（也許不是必要）

骷顱與頭蓋骨，吸氣，再用力穿進去
怎麼還是膨脹
我不停削尖妳的下巴像是拉弓的大提琴手
咿咿呀呀，畢卡索般的碎裂與重塑
怎麼拆解，怎麼不夠
推倒牢籠翻倒了墨
混合太多草莓的膚色，有點人造的甜
近乎完美
妳啣著一朵玫瑰一口奶油
我拿著刀抹平歲月的齒痕，切下
金色的戚風，碎屑灑在髮梢邊緣
生命如此璀璨
終於大家看妳，世界悄悄歪了一邊
還不能停，我說，潑調和油像聖誕節的糖果

點燃妳的睫毛
炸出滿夜煙火
餘波一片片蕩漾，發酵為深紫的光
光混合眼影，眼影滾成鑲邊
無數星星在呼吸，妳美得窒息
宇宙就快要被妳吸進去

我畫了一張自畫像
不是我自己

佳作／辛品嫺

無限迫近的雙手——2022秋・北美館

作者簡介

二〇〇一年生於高雄，居無定所，在文學、電影與戲劇之間游牧的人。著迷於虛構而危險的關係，相信愛人同時也是自傷。曾任第五十五屆噴泉詩社社長，在詩社待了三年，謝謝那裡給我的一切。

得獎感言

謝謝老師。這句話說了十幾年，放在這裡卻有點不一樣。詩這樣曖昧的語言，正能承接這種難以明說的情感。

謝謝白雙全、莫娜・哈同（Mona Hatoum）兩位藝術家所帶給我的啟發，部分意象取材自他們的藝術作品；謝謝詩社的同學，陪我修修改改最後成了這一個作品。初稿將收錄於噴泉詩社第五十六屆社刊《水星逆行》，還請大家多多關注（比心）。歡迎追蹤噴泉IG以獲得更多：@ntnu_fountainpoem。

無限迫近的雙手——2022秋・北美館

當我們進門，思想被透明的筆觸
塗抹成一樣的白牆
老師引領羊群，雜訊穿透耳機
問：什麼是夾縫？四十雙眼睛盯著
畫布上，一道割開藝術史的裂痕

窺探造物之初，眼皮也是如此
被一刀劃開。夾縫內是瞳孔，向外看
是世界本身的斑爛，於是辨識出你我
眼神撫過彼此的快感

鞋尖親吻裸露的腳跟，一雙靴型的鐐銬

跟監深深愛過的人。老師張口說：
親密的暴力性
當兩個人並肩，連帽緣都失去縫隙
這樣子生活整整一年。我說我願意
如此我願意，讓肌膚成為僅存的線索
指尖勾出藏匿的自白。在這座美術館
撕下所有「禁止觸碰」的貼紙，我們會不會因此
看得更加澈底？只要雙手是自由的，閉上眼
不須去閱讀語言，或是正確的名字

無限迫近的雙手，無法確認
畫布的裂縫是否為真。失控羊群
撞上透明的圍籬——
這就是關係必然的夾縫
我看見老師伸出手指，指向我，和他自己

佳作／管偉森
一段肥宅在正裝打扮的自述

作者簡介

管偉森，馬來西亞人。國立中興大學中文碩士。現為國立臺灣大學中文博士研究生。因為詩而接觸文學，因文學而熱愛於詩。曾獲海鷗青年文學新詩獎、中興湖文學新詩獎與臺大文學新詩獎等。著有《雲間李雯及其詩詞研究》。

得獎感言

感謝評審們的認可！決審會議當天，除了聽得心驚膽戰，更多也是詩藝上的收穫。年歲果真老大；還不曾成為理想中的大人，又不全是他人定義下的肥宅。唯一可以肯定的是，肥仍舊是肥，好多衣褲再也穿它不下。所以那天邋遢地參加會議，然後邋遢地上前領獎……。肥是如此不出所料，又如此趁其不備。我還是擠了進來！只能也感謝肥肉。

一段肥宅在正裝打扮的自述

計算以數次方的日常；刷牙、洗臉、照鏡
時間慣熟地帶走臉上的輪廓，當然
也留下更多促迫的黑頭、鬍渣和皮下油脂
倔強在你日漸廣袤的額頂，不能慰留的髮際
喔是的，青春曾如此肆意地佔領、重劃
恆常的脫序，它卻沒有和浪潮一般往返衝擊
執著好勝的心理，持續在邊緣暗處施肥
枯耕著一副圓潤且膏沃的肉身，辯證
以用之不竭的快樂水，反覆以雙手拍打餵食
那厚顏底定的遠古傳說：很久很久以前
在亂世裡，男子他曾經擁有自尊……

連日刺骨的晨風，大多能起伏穿透
層層鬆弛凌亂的夢魘，颼颼拉扯年歲
你自然也能想起，那匹二十四歲的白色小馬
在生命中無論繁盛或荒絕的高原
自信以奔跑複寫，讓人拚死的絢爛；
堅毅、自律和孤勇，且不可複製
輾轉之間膨脹，卻是今天再也擠不下的
昨日的浮躁大夢，徒然一吋吋地浪蕩
明日復明日乃至於不可預料的闃黑
靜靜地死在老人斑叢生的肌膚裡
摩擦自我無以名狀的堅信：彷彿一定
一定會有人懂得溫柔與愛撫……

確實再也慣熟不過的場景，全部輕鬆帶走
還有天真陡峭的候望，然後一切如同虛幻

愛若果能梳理，活該會是一次又一次
彼此生命無法抵達的，鋒芒最盛的亮光
於千萬個光年之外，至少再也沒有天文學家
願意琢磨那些經年的爆裂、破碎與熾熱
在噴濺的塵軌中埋藏著各種修辭
琢磨求生意志；再見或者不見，思念的人
而此刻的你只有怎麼扣也扣不上的衣領
你以為，總會有誰堅貞爬過胸中兀自的寂寞
但那鏡子所映襯的，還是最真實的自己

現代散文

首獎

周孟平

留給明天的灰塵

評審獎

羅宇宸

填補蜂巢

佳作

黃品璇

棄

佳作

楊敏夷

黑過誰——記東菜市場的小黑

佳作

羅菩兒

屬地的雪

現代散文　總評摘要

周芬伶老師

周芬伶老師是第一次蒞臨紅樓現代文學獎擔任評審，首先觀察到了本屆散文主題的多樣性——疫情、親情、愛情、鄉土情懷，也有現代寓言等。老師提到，文學獎可貴的地方在於參賽者與評審的「對話」，文學獎應該是一個討論的環節，評審結果不是一個絕對的指標。老師也勉勵寫作者，應把得獎當作一個成為作家的過渡時期，可以重視，但不要被影響太多。

老師今年剛好評了橫跨北、中、南三區的校園文學獎，也藉此感受到不同區域寫作者的風格差異——北部都會區的寫作風格比較冷，疏離性比較強；中部（東海為主）則是較著重在文學性、主題深度；南部作為文學獎歷史悠久的區域，今年反而表現較弱，有點讓人失落。或許是因為疫情沖刷了一切，有種殘缺的樣貌，像是災情後的河床斑駁不堪。在這樣的時期，老師非常感謝能夠有機會與大家一起討論文學。

鍾文音老師

鍾文音老師提到，這次讀到很多人的作品，便讓她想到米蘭・昆德拉的《被背叛的遺囑》——每個人都在面對被異化的痛苦，在同化的世界裡被異質化，同時，藝術又在此突破大量同質的世界。

在作品裡，老師讀到了寫作者猶如在「密室」裡的逃脫不得，卻又真切地看著自身所經歷的事件，因此覺得被搖晃了。青春的人在這樣的世界裡頭，用文學的質地去捕捉生命中的種種——可以看見很唯物的物質書寫，或是由空間重新架構的感情世界。其中又包含童年的異離感、空間與空間的移動、自我的失落等。在個人的寫作上可以跨越情感慾望的幅度，同樣是老師很喜歡的部分：像是死亡最後變成情色，猶如日本的《葬禮》（*The Funeral*, 1984, dir. 伊丹十三）這種狀態。

老師直言作品的程度其實沒有差距，只好個別攤開細節來討論，同時也讚賞這次的文學獎是豐饒的收穫。同時，老師在作品中看到，散文這個文體似乎很大程度上跟小說融合，達成跨界。老師鼓勵說，這是一件好事，因為只有比賽才會框架我們，真正的寫作是沒有框架的。

鍾怡雯老師

鍾怡雯老師回憶，複審的時候讀到幾篇議論式的散文，但評審們最後都沒有圈選，那就表示一個狀態：散文仍然以抒情與敘事的架構為多數，同學也最容易拿捏這兩個範疇。然而，在這麼大的敘事範疇，老師給予提點——寫作者可以在散文的創作上多要求一點層次，可以讓整體結構更豐富；再來就是轉折的安排，最後是探索。比如身為寫作者，到底對生活多好奇？到底發現了什麼，是同齡的寫作者沒有看見的？

最後老師提到距離感。大部分的寫作者都會把生活貼得很近，但老師希望散文也可以從中抽離開來。如何在創作的文字之中，找出讓自己「躲」的空間，也是一種生活的態度。老師表示，如果可以讀到「出入自如」的寫作，會更加驚喜。

鍾怡雯老師

鍾文音老師

周芬伶老師

在主題方面，老師觀察到，都是這個世代共有的生活，戀情、生活、親情等，但較為訝異的是，飲食寫作好像變少了。老師也透露評審選文時，可能會考慮主題多樣性，而選擇不同的文章；若是有複數作品書寫相同的主題，在敘事、文字的拿捏上稍有差異，就會影響到評審選擇的結果。

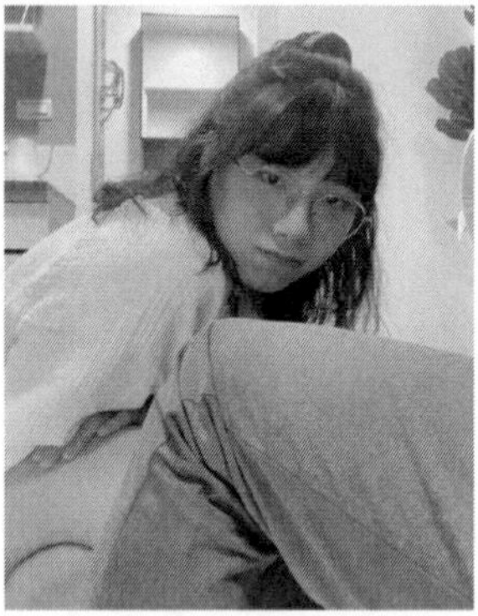

首獎／周孟平
留給明天的灰塵

作者簡介

二〇〇二年生於高雄，國文系學生。喜歡味覺刺激，尤其蛋糕塔類栗子泥、干鍋粉腸麻辣燙。

對於文學，夢想是即使不得獎，也有緩慢書寫的決心。

得獎感言

這是我第三年在紅樓寫羅。三年以來完成的散文不超過五篇，能用這種方式記錄某些傷心與懷疑的節點，反倒令我有些高興了。我的情人是同齡人中，最令我崇拜與驕傲的寫作者，感謝父母把我養大之餘，也感謝曉楓老師和她的現代散文課。希望老師在教學生涯中，永遠能開著這門課，能讓我重新再修一遍就更好了。

留給明天的灰塵

違約退租，我第一次歸還租屋處的鑰匙。環視客廳沒見到任何空著的桌，便將鑰匙擱在三層塑膠箱疊起的平台上。搬家公司前腳甫離，後腳的我就得急急追趕。對不起，請等我一下——

你們可以載我吧？請等我一下。

彷彿隔著一層膜，我看見自己說話、揹起包包。

對面房間的室友在這個下午正好的日子裡睡著。我是這麼想像：他在陽光正好的時段以翻身築起夢的藩界。任憑所有拆裝、搬運、嘎嘎作響的忙碌穿透他，這間房子裡住著和日夜一同前進的人。他們談論每一天的細節與午餐、數清誰看過自己的限時動態。有天，我發現打在窗外屋瓦上的雨已經不一樣，卻突然有種乏人問津的失落，像是一種季節性的疲憊扣尋秋天的腳步而來。沿著影子滴下的水珠和路燈傾斜的角度，像雨尋找一座山脈一樣，緩緩攀升成一座島嶼的形狀。

而我的住處分別在島的南端與北端。明明都是不會淹水的地方，卻契合地有那麼多雨翻湧成浪。即使明白不深入地表便無法阻止氾濫成災，但看著搬家公司一一清空房間、拔起那些我所不能撼動之物，卻令我有種終究不得根的失落。我歸還鑰匙，讓所有家當的形跡停在一箱卡車之上。

整座城市因為流浪的陌生而變得好新。即使知道目的在哪，我駝著房間仍舊如駝起一個過於厚重的身體，踟躕而迂迴，成為紛雜的一只影子。

我還不認識比新的房間，更新的事物。

舊的鑰匙打開的舊的房間在新店。一棟乾乾淨淨的公寓，三房兩廳兩衛浴，前後有陽台，一個月的雅房算是便宜。雖說到學校的時間拉得很長，不過通勤中簡單補眠，不成問題。正逢南部的家也售出，我南北奔走於清掃與裝箱，而台北的房空空蕩蕩，我遂把自己習慣的床與櫃子揮兵上遷，心底忖度，即使再不信任新的牆壁與書桌，蝸居於熟悉的雙人床上還是能安穩睡著。

我與舊的室友在簽下合約前又去量了一次新房間的長與寬。舊的室友是舊的男朋友，那是我第一次在台北找房而他是第三次。他說，不如我們一起。當時舊的男朋友仍然新得煥發——他寵我，說我們可以一起住，再找一個人一起就像是家。我說好。這就是家。

那時他還不是男朋友，連情人也稱不上。

可是我幾乎無心再抵抗空虛的膩。才剛剛把僅存不多的行囊從羅的房間搬出，我經過整整一段溫州街回到一個人的宿舍，不知道該如何繼續感受閉上眼便移動的飄泊。羅把公館的房間鑰匙給我，收拾那天我努力忍下不去多打一把的衝動。

舊的男朋友其實是個好人。他為我上山下海油鍋熱湯東奔西走都甘之如飴。煮飯驚喜蛋糕禮物出遊，好人。他有種老派的大男人貼心，使我不得不讓他熨貼於羅那根生柢固的冷漠與疏離。舊的男朋友好得敢於承諾，信誓旦旦地說他不會讓我失望、不會像羅一樣。當我沉沉地將昨天留在今天的床上，他在隔壁房間一逕洗刷與修復漸次鬆脫的事物。

他是落地生活，跟著日夜移動的人。

我想正是因此，他不讀我愛的書，所以看不見書櫃中的作品、放在床頭的《鼻音少女賈桂琳》，裡頭全是羅的筆記。舊的房間很大，大得擺得下我的雙人床。左前方鋪了一片地毯，咬著潔白的L型書桌，緊鄰夜燈與書架，再比肩三門衣櫃。夜裡我關掉大燈，只以檯燈夜燈床頭燈，看灰塵沿光緣的路移動。

這裡擺得下多餘的祕密。房間默許，我時時揣著貪婪的宿疾。

但貪婪並不會侵蝕什麼，只是讓自我膨脹出了更多空間與更少的世界。我懶於打掃，房間也漸次因為堆積的塵埃而不再光滑的時候，我因為急性腎炎住院。萬芳醫院從大大的落地窗前看見山與警專，兩人房的空間更大，於是我決定更加膨脹。醫生說，保持好心情最重要，我於是徹底耽溺於早晨與夕陽共通的死亡。拍背、抽痰、浴室裡積累的長頭髮，我因為抗生素而雙臂腫脹瘀青，安靜擲地有聲，我閉上眼睛拒絕接聽每一通電話。我可以想像，他說，今天——

好人勤於刷洗每一個今天。

出院後我無趣地說，要走。他當然不肯。可漸次消退的光滑，讓他的臉與言語變成粗糙的模樣。

「這樣不好看。」

他停駐床邊卻以為無語可以對抗海遠離岸的堆積。究竟是約定了再毀壞更好，還是從不說未來的不安更好？我不得不想起羅，與他工整的筆跡，告訴我：愛是漸次拭去那些發鏽的痕跡，對不起，即使明白罪責從來不是不夠努力對抗沙漏與重力。那晚我親手營造一場真空的爆炸，拒絕維護漸次消退的事物。我想我只是膩了，對於這間房間的一切。

舊的男朋友歇斯底里大罵妳根本就是放不下。愛是心的神明但他不知道，愛只會是自己的神明，而我對他的信仰倦膩。

秋天正好到來，我的疲倦即將沿途變成丟失的影子。末日過後城市依然得醒來，我決定寫信給羅。

男朋友既已變成舊的，家的雛形便也更快地陳腐起來。仍共用客廳、廚房、衛浴，宴請各自的朋友開懷大笑，彼此的聲音卻都成了隔牆的幽魂。我急於離開刺耳因而與房間疏離，只在深夜閉上眼睛，聽雨水打濕屋瓦的聲音像打壓所有懸浮空中的輕盈。此時我和羅重新連絡並將他帶回我蝸居的雙人床上，聽多雨的天氣如何將我們困在這裡。

「真的是狗男女，噁心。」

舊的男朋友一逕是個好人。我放棄溝通，地板與窗仍新而無損，信仰卻沒有能力抵達繭居的床，我被困在脈動的心臟之上。

在秋颱的夜裡我渴望自己擁有打開窗戶的勇氣，讓雨水重新粉刷這裡。

自從那一次腎炎發作後，身體的狀況便開始滑坡。我看見自己與自己的身體對質，回診、吃藥、過敏。某個時期開始暈眩，久久不癒，像是身體正代替自己失去信仰的精神傷心。

房間潮濕，於是合約不滿但我決定搬家。

台北租屋如主婦戰場，便宜的好貨總只曇花一現，奔波許久的學生又敵不過收入健全的小家庭。退求其次，在市中心是更加破敗的公寓。我無心再找，和新的室友匆匆簽約，便馬上連絡搬家公司。這一年秋天的雨已經下完，冬天卻遲遲沒有到來——即使披上大衣，前行卻不需對抗發顫的手心。

這使我感到空虛。等待搬家的日子，我仍看見自己的身體，吃藥、收拾、打包、過敏。我明白自己的身體變得好舊，卻不僅僅因為停滯未動而生出灰塵——不久，我拿到了新的鑰匙，在那年第一個寒流的日子，為房間貼上新的壁紙。

清掃，把窗戶打開通風後，裝上窗簾。樓下有隻流浪的貓，遠遠隔著天空與窗，像在看我。

我也曾經是這樣與羅面對他在公館的房間。首先是拆下所有能拆的，瓦斯爐架、窗戶、冷氣濾網，清洗一遍後將平臺的灰塵拂去，最後掃地。我總覺得租屋處的打掃不需要太認真。我告訴羅，「都只是把空位留給明天的灰塵而已。」但羅不苟同，他有他的潔癖。在新店的房間還很新的時候，我也曾仔細面對窗溝、面對衣櫃的木屑和角落，在一切都結束以後等待即將北上的床。也曾經仔細養護、為漸次疏漏的桌面撣去灰塵——愛是心的神明，如今我卻因見不到信仰頹靡；如今我拿到了新的鑰匙，仍然一個人做著舊的事情。

神明也會消逝嗎？我喚羅「親愛的」，每一聲都說服自己，心有愛的神明。無論祂更像是耶穌或者觀音，我每喚一聲親愛的，親愛的我們是不是就能因為被聽見而獲得眷顧？

我打掃、熟悉環境、購入新的家具。習慣新的樓梯，帶有霉味的區間，並且無視梯間破損的窗戶和一樓關不起的大門。流浪的虎斑貓從中輕巧竄入。新家還並未因為我的使用而陳舊，我決意以相同的心為它養護。我告訴我的家人，但他們說這裡已經足夠陳舊。於是我再一次打掃，並搬了一台除濕機。我受夠了任何房間曾出現的無言以對的雨季。

羅在期末考前第一次來，這是他第一次看見樓下那隻會竄入梯間的流浪貓。貓看來健康，隨時都有食物，也不怕生。

那一隻魚骨紋虎斑貓。

牠時常趴在一臺狀似拋錨的機車上，在經過牠時會輕聲的叫，討一身摸後安靜下來。我喚牠「親愛的」，害怕牠已經被太多人輕率地取過名字。

「可是親愛的，我要遲到了。」

「可是親愛的。」我不懂你。

和貓說話。日復一日時間漸漸習慣被牠堵塞於巷口而遲遲未動，這裡沒有需要被溝通修補的事物。牠不明白我喚牠親愛的是什麼意思，這個詞也曾被許多人使用，如今卻降生於牠。而我身體仍然眩暈、藥已經吃完，但貓讓我覺得自己的確只是太累了、生病了。我的身體仍趕得上我，日子在牠身上新得煥發。

貓令我慶幸梯間的窗戶遲遲沒有被修好。下雨的日子牠會從二樓的瓦片跳上公寓，在梯間催促似地叫。有一次特別淒厲——也只有那一次，我著急地跑下樓梯，牠卻只是前來婆娑我的腳踝。什麼事都沒有發生。一聲聲叫都像是虛無落空的閃電。

因為突然的移動而強烈眩暈時，我坐在陳舊而髒的階梯上，牠繞過我的指尖，背對我坐下。琥珀色眼睛既圓又亮，卻不讓我看到。是不是那一天，貓的眼睛就沾上了眼垢？

即使那麼無傷大雅。隔天與往後看見貓的日子，我總會因為一粒眼屎，想起好多好多，證明時間已經過去的事情。親愛的。我好想告訴牠，我為你拍過的照片卻都還是那麼像你。親愛的你在這裡讓我總想起羅的房間，在公館的水藍色套房，我們曾說，要一起養一隻貓。

公寓將慢慢變舊慢慢慢慢地變得陳舊——可是你願意為我們一起變得老舊嗎？

不可思議，彷彿時間只在貓的身上流動。我發現我的倦膩與我的身體是剪輯過的電影，有時寧可虛構足跡也要贖回一場虛構的確信。歸還了舊的鑰匙，卻拿到了另外一把漸漸變舊的鑰匙。親愛的，你會不會覺得自己的身體舊得跟不上自己？我想為貓拂去眼屎，可被貓拒絕。

親愛的，你要不要跟我一起去看醫生？

其實也害怕儘管奮力跟上一切的腳步仍不得不面對秋天終將逝去的事實。我明白自己的小氣在於終究為無法擁有一間房間而傷心。彷彿被化約為一個地址，失足於愛只好昂貴地借用城市中一址小小的儲物箱，我打開門，把背不起行囊扔進空蕩蕩的地板，並且日夜以睡眠為薪，守衛行李。

地址不移動，我卻得一次又一次親眼見證自己變舊，因而被連根拔起，再換上新的地址。

我問羅，我們可以憑著相愛，再走多久？

連假我回到南島的家，搬家後卻沒有自己的書桌與書櫃了。衣櫃右側掛滿媽媽換季的衣服，床頭沒有插座，只有一片燦燦然、又蒙又灰的陽光。我突然想把所有的鑰匙丟掉。

可是羅卻仍在電話的另一頭。我的時間是剪輯過的電影，像兩年前與他的日子如昔，突然又回到更久以前的確信——聲音如光的粒子，散在房間每一個或者乾淨又或者疏於清掃的角落，然後慢慢變得黯淡。

他說，等妳回來。

陪妳回去，就是家了。

評審獎／羅宇宸
填補蜂巢

作者簡介

二〇〇二年生，身分證上是G。
新買了一件綠色條紋襯衫，穿這件代表最近很想成為狗的寵物。
曾獲力行國小跳繩比賽高年級組優勝。

得獎感言

決審名單出來之前幼稚地和朋友說：
如果這次沒進，就不寫了：（
謝謝紅樓溫柔地接起我的玩笑和任性

謝謝所有給我支持的家人朋友們。
謝謝陪我去 Coffee Mania 改稿的 P，
老闆只做卡布奇諾，好喝：）
推薦大家去。

填補蜂巢

「每個孔洞裡，都住著幸福的家庭嗎？我也好嚮往那樣的歸屬感。」

去年初我和朋友打了賭：先脫魯的人要請吃飯。不知是真心想談戀愛，還是因為某種不容侵犯的自尊心，我開始在軟體上尋覓對象。二十五歲以下、1號、單眼皮，最好是個文青，在軟體的漏斗圖示就停留了好久。右滑、左滑，把蜂蜜從一個個方框上刮下來，選擇舔拭或洗手。反覆幾次後，我遇到了H。照片上H的眼神濛濛的，像裝進瓶子裡的蜂蜜。貼近瓶身一看，所有人都被套上詭異的濾鏡，長成易於操控的愚笨樣貌。

但很久以後H告訴我他其實是內雙。

三月的某天晚上，我拖著一只跛了腳的行李箱，獨自走在車站，把阿公的部分身體帶回宜蘭。老爸說，把阿公的衣物帶回家燒，他在那邊才有衣服可以穿。我心想：難道不能留幾件在台北嗎？這樣想阿公的時候，摟著他的衣服才可以安心入睡。

行李箱發出喀啦喀啦的聲響，像阿公生前走路一拐一拐的樣子，路人看見了總會自動讓出好幾個座位。可今天沒有，空著的候位席一個間隔一個，好似認定了我獨自一人，他們沒有意識到行李箱也是一個人，裡面裝著阿公的身體。索性我拖著行李箱到處行走，不斷發出聲響，心上的皮被強制剝落。我往窗外一看，驚覺大樓原來木訥的樣子正在脫落，夜晚把它剖成巨大的蜂巢，每個孔洞裡泛著不同的光亮。

「喀。」好大一聲。故障的滾輪卡在票閘門口，奮力抽出之後，滾輪脫落。該換上新的一支滾輪好？還是把一整只行李箱換掉？

搭上客運的時候，我隨即問了前陣子在軟體上配對到的H要不要在LINE上聊天。他馬上答應了，出自於好像喜歡我的原因。就這樣，H變成了我人生模板的第一個實驗對象，我設想如果蜂巢裡的每個孔洞都代表著一個幸福美滿的家庭，那我把H擺進現在我住著的孔洞裡，是不是可以填補阿公去世之後留下的空缺？

但當初也是我把阿公送出孔洞的。阿公離世的前幾個月反覆出入醫院。醫院白皙的構建像葬在雪國裡的巢穴，乾癟、缺乏濕氣和溫度，在那裡待得越久愈發令人抓狂。病情逐漸好轉的阿公，好不容易被接回原來的穴居裡，燈火還沒點亮，影子還沒落下，阿公的身軀即開始反抗起來，雪國的儀器使他失去了原本的輪廓而變得難以適應。我撥起電話，讓泛著紅光的救護車，侵擾原來泛著橙光的溫暖家庭。我不知道阿公的形體屬於哪裡，哪邊可以讓他的形狀維持得更加長久。最終我還是怯懦了，嚮往雪國裡的奇蹟，醫院裡的形狀總比家裡完備吧。

阿公的離去讓家裡看來分崩離析，我開始在虛構的蜂巢裡尋找糖蜜。極有效率，又能夠篩選。作者簡介的框框，架起了無形的六角形，左滑、右滑，分辨出哪些蜂蜜稀得像水，哪些可以裹在手指上回味。有時候我會懷疑那些篩選的條件究竟是從我內心長成的，或者那只是另一個蜂巢分工模式的產物？

我說服自己：我需要新的蜂蠟形塑出新的形狀，順應阿公逐漸變遷的軀體。

一開始和H配對成功時，彼此並沒有隨即向對方釋出善意，只是靜靜地在地面上觀看洞穴裡顫動的光芒。而他第一次寄來訊息時，從狹窄的罐子裡掏出黏膩的蜜，把他所屬領地的消息都分享給我。我不曾探問為何他遲了一些才傳來訊息，也許他和我一樣都需要時間觀望，找到住進彼此蜂窩裡的最佳時機。

而他正好挑對時間了。阿公住進雪國之後，巢穴裡的好多形狀都在瓦解。也許他住進來可以讓形狀免於完全崩塌。雖曾擔心他的到來會改變我熟悉的形狀，但他傳來的訊息總挾帶著滿滿的真誠與積極，使我開始幻想他成為蜜蜂的樣子，時不時出門採蜜，抑或是勤勞地搓著手，縫著穴居裡的影子，好像那樣可以緩慢地將隱藏的傷口復原。

把厚重的行李拖回老家後，家人合力接起了蜷縮在裡頭的阿公。因為眾人簇擁著他，使他雙腳不再需要忍受疼痛，喀啦的聲響消逝殆盡。在寂靜的空氣中，見過阿公最後一面的家人突然說道：「阿公佇病院的時陣，猶佇揣你呢。」我嗎？為什麼要找我？明明我是把阿公送進醫院的始作俑者。我甚至已經在尋找能夠填補空缺的存在。心開始絞痛起來，可我沒有停下計劃，家裡的一些輪廓早已漸漸變成了H的樣貌。

心疼那支離破碎的心，我開始進一步規劃，設想著怎麼樣才能汲取黃褐色的光，構築典型的蜂巢。畢竟，每隻蜜蜂都是長得參差卻異常統一的黃色生物，在巢穴裡扭動，就好像家庭本該如此一樣。

第一次見面，我們約在路易莎，那家路易莎點著橘黃色的燈泡，灑在木質的桌椅上，油亮亮的，非常溫暖。雖然第一次見面他還有些生澀，我們沒有做像情侶該做的事，身著暗色系衣服的他，住在蜂巢裡太黯淡了，和我預設的模板不同。可我還是很滿意，因為在他的眸子裡閃著周遭溫厚的光芒，瞳孔的伸縮，顯示著他還在適應孔徑的大小，自動為穴裡昏暗的光芒調整焦距。

我們又見了幾次面，看了幾場電影，我和他說：我好喜歡電影開場與謝幕時亮起的燈光，像在家裡睡前會點的小夜燈。我不記得H說了什麼，依稀記得他和我分享了電影鏡頭比例的問題，我沒有很在意那些問題，因為他同我在演戲。看電影是為了微視未來我們在蜂窩裡繾綣的樣子，我們終將照著三幕劇的脈絡演出：把燈泡點亮、燈泡燒壞了、鎢絲修整一下，光芒又再次照亮整個巢穴。

後來我把H帶進了家裡，在辦公桌、沙發、床上，我們深望彼此的形狀，試著讓H的身軀也融得下這個六角形的孔洞之中。在每個四目交接的剎那，我們扮演著過於勤勞的蜜蜂，超進度地施行著模板設下的步驟。牽手、擁抱、親吻，那些我們不曾做的，在這樣的空間裡，我們必須實行。

蜷曲在被窩之中，在H離開之前，我遞給了他一張紙條，算是他一直以來忠誠的報答。內容大概是：謝謝你，有時候覺得在與你相處的過程中，就像是在把我從現實生活中抽離出來。

我細細咀嚼著這句話的意思，計畫進行得好順利，但這種不真實感與抽離並非夢幻、令人喜悅的。天一亮，大樓不再是被剖了一半的蜂巢，而是回歸了木訥嚴峻的樣子。灰暗的大樓裡，好多孔洞的形狀變得赤裸，顯得荒廢。我害怕，計畫的推行本身是一種詭譎，願意跳進套路裡的H本身也是古怪的事物。

阿公也會這麼想嗎？認為H是極其古怪的存在。也許在抽離的空間裡，他偶爾還會看見我與H在各個角落裡適應不同的輪廓。我想問他H究竟適不適合我，又或者，他能否接受與我一樣同為男性的H，在這個家構築新的連結？有好多事都還沒有和阿公說，但阿公卻只留下幾個皮囊，脆弱地附著在孔穴的各個位置。也許哪一天，H真正與孔穴的凹洞融合了，那些皮囊是不是會被風化，或自行瓦解。

想到這裡，我就覺得好害怕。好幾次，我在蓮蓬頭下刷了又刷，想把H的痕跡清理乾淨，卻又深怕阿公的溫度順著水流逝去。我在流水中失聲痛哭，眷戀著阿公還在時，孔徑裡可愛、大小適宜的凹洞。現在，我只能任由思念順著水流浸泡蜂巢，又在潮濕到極致的剎那，把水龍頭關緊。畢竟蜂巢是沒有彈性的，若潮水覆蓋整個穴居，形狀只會變成幾張扁平、咖啡色的不明層次。那樣我就真的沒有歸屬了。

自H走後，家裡開始多了幾隻暗褐色的蟑螂，可這不是我想要的。難道他不是蜜蜂嗎？蟑螂的足跡成為陣陣的作噁感向我攫來。我沒有和他說其實有幾次我洗澡的時候將身子緊縮起來痛哭，我害怕濕氣帶來一切變調的結果。但我的逃避卻遭來H的變本加厲。

H開始在聊天的過程中改變對我的稱呼：可愛的寶、寶寶，諸如此類的詞彙令我惶恐。我們不是蜜蜂嗎？難道他把我看成戀人？難道這是他變成油膩蟑螂的原因嗎？我意識到我只把H看成蜂巢裡的一隻蜜蜂。我還沒有把模板寫到我們能成為彼此歸屬的樣子，一切失控、超速，就像白日的光快到讓蜂巢看起來只是一個個乾癟又無神的洞穴。

我懇求他停止對我這樣稱呼，他若不妥協，我便用短短幾個字敷衍。這是模板在設定時忽略的謬誤：我把持著上位者的姿態，要我們成為理想蜂巢的形貌，卻懇求他不要真正地喜歡我。就這樣來回往復之下，我們鮮少見面，彼此以忙為由避談那些我們像蜜蜂一樣勤勞的日子。我放生他了，他不再是我的那隻蜜蜂。

H和阿公一樣，在各種模具裡留下了幾個皮囊，就像現在我的衣櫃裡仍留有幾件他的衣服和褲子。這讓我有種莫名的斷裂感，我留有他的衣物毫無用處，但存著阿公溫度的衣服卻要在大火之中，甘願成為烏黑的穢土。我意識到H本質上和阿公差異很大。阿公的逝去在我的生活之中，騰出了一塊在轉瞬間難以填補的歸屬感，要H盡力扭曲自己塞進那些孔洞之中是不可能的。而當一切恍然大悟時，空出的孔徑拉出幽長且昏暗的隧道，任何動靜與聲響都帶來極大的回音，使人暈眩。

如果我當初沒有實行這個計劃呢？疑問的聲音迴盪，我開始目眩，意識逐漸模糊，感受到一股熱氣緩緩爬上。

道士搖晃鈴鐺的聲響、火焰蒸騰的熱氣使我目眩。恍惚之中，我跳進了火堆裡撿起一件阿公常穿的格子襯衫，大力地拍掉沾在上頭的火苗。可我終究沒有那麼做。

那時的我如果真的跳了進去，現在築在我身上的蜂巢還能長成嗎？大概都燒壞了吧。細想和H模仿的歸屬關係，我心想：燒壞了也好。完美六角形的孔洞，只不過是人類為了要讓獵捕起來的蜂能夠有效率地生長，所設下的詭異形狀，正如同我對蜂巢的建構著魔似地執著。

後來我和H聯絡，問他什麼時候有空可以把他的衣物帶走，我也是在這時發現他的大頭貼裡住進了另一個人。我沒有主動提起，自己早已發現他住進了其他蜂巢裡的這件事，他也沒有斥責我，說我只是把他當成實驗的對象。我沒看過那個給予他歸屬、戀愛感的情人長什麼樣子、是否為合格的蜜蜂，也不知道他們的穴長成什麼樣的形狀。我向他們祈禱，祈禱那不是六角形狀的，也祈禱H的情人和我不會是同一個漏斗篩選出來的蜜蜂。

得知H的結局過後，巢穴裡的幾片皮囊開始脫落，帶來一點刺痛感，但落下的過程好美，彷彿回到了在車站見到的那幾棟大樓，溫暖的光依舊迷惑著我。與H的結尾沒有斷乾淨，他的碎屑仍沾黏在洞穴裡，連同阿公的一起。沒有誰取代誰，只是共生著。

某次和有著賭約的朋友談起近況，他說他交到另一半了。我們都沒有主動提起請客的約定，也許他也發現了我的自尊心吧。我持續使用著交友軟體，有時尋找蜜蜂，有時找真的戀人，問阿公：這個敢有適合？

偶爾我會開玩笑地跟自己說：記得檢查對方的眼皮。又在感到失望的瞬間，提醒自己：戀人是戀人，不是蜜蜂，也不是阿公。

佳作／黃品璇

棄

作者簡介

黃品璇，畢業於國立臺灣師範大學國文學系，現任教於臺北市立大同高中，臺灣電影研究中心影像教育種子教師。曾獲教育部全國實習楷模獎第五名、臺北市語文競賽教師組作文第二名、行動研究特優、新北市文學獎散文優等。

得獎感言

這篇電玩散文寫給十八歲的我。但其實我從不打虛擬電玩遊戲，因為現實人生才是我闖蕩的遊樂場，營業中且暫不關閉。

棄

所有的行李都飛起來。

在列隊的盡頭處，是準備啟程的父親。父親沒有說聲再見，也沒有回望最後一眼，關上門，逕自離去。

父親什麼都要，卻不要我們。

父親要住房子，住在阿姨的房子；要開車子，開著阿姨的車子；要成家，卻和阿姨成了另一個家。

阿姨的兒子、女兒、孫子、孫女都在父親的家。過年時的家族聚會，我會和一群沒有血緣的家人聚會。阿姨為了表示友好，託父親送給母親一套全新的杯具。一個歐式大茶壺配上兩個小茶杯，看上去高貴又時尚。母親拿到後，皺了皺眉頭，沒有說什麼，從此束之高閣。直至某次搬家，我正躊躇如何打包那套杯具，母親聽了，便迅速抽起杯子，往地下一扔，「啪啦——。」一聲，滿地盡是碎裂的凌遲。

杯具碎了；家也碎了，幸福美滿的假象全都碎了。

搬進沒有父親的家，為了填補空了一半的雙人床，母親自外頭撿了一隻貓回家。這是母親第一次養貓，原本只讓貓待在客廳，久了便讓貓陪伴她入睡。如果父親在家，絕對不會允許養貓，他的理由是：貓沒有用，不該愛貓更勝於愛人。我知道父親希望自己永遠被愛，也不准任何人瓜分愛。

可是父親樂於分享愛。因為失業而多出的閒暇時間，父親常常到家附近的公園教孩子踢球。父親喚那群孩子為「兒子」；那群孩子在他的姓氏後面加上「爸」。父親會興致昂然地與我分享，分享他今天教給那些孩子什麼樣的踢球技巧，從盤球、助攻到射門得分。父親稱讚那群孩子跑得很快，他強調贏球技巧首重團隊合作，整個隊伍要像不分你我的一家人。

父親有很多家人，卻沒有他的妻；父親有很多孩子，卻沒有他的兒女。

不出一個月，那隻曾經在我們腳邊徘徊，攔路央求一起回家的流浪貓，竟消失得無影無蹤。當我穿上黑衣時不用拍掉貓毛，蓋著棉被卻沒有聞到尿味，母親聽到垃圾車的聲音後順手抄起貓砂盆拿去丟掉，那時，我才真正意識到，牠已經離開了這個家。

這個家，父親跑了，貓也跑了，有腳的東西全都跑了。

至於那些跑不動而留在原地的，是滿室的二手傢俱。舉凡沙發、電視、桌子、椅子、櫃子、檯燈、床鋪、洗碗機、洗衣機等等，因為過於老舊殘破，被人拿到外面丟掉，母親又將其撿拾回家。

雖然是二手傢俱，母親仍然相當珍視。有次，父親短暫回家時睡過的舊沙發，被搬家工人誤以為是垃圾，直接載去回收站。母親對此叨唸許久，將近兩年多，家裡沒有添購新沙發，我們只能席地而坐。

儘管家裡有許多二手傢俱，獨獨沒有電腦。因為電腦很貴，而且有用，不會有人丟掉電腦。大學的課堂報告常常需要電腦打字，當時每個人都擁有一臺電腦，只有我，必須早上八點守在電算中心外頭等待開門。某天晚上，我臨時想要修改散文報告，但眼看隔天早上八點就要交了。我決定離家，尋找網咖。

我在羅斯福路上找到一家網咖。自動門打開，冷氣味、霉味、菸味、臭味一起向我撲來，只能忍住，走進去並對櫃檯裡的女工讀生說：

「我要用電腦。」

「這裡都可以。」

「我需要一臺可以用Word的電腦。」說完，她瞪大眼睛看著我。

「喂！你知道哪臺電腦有灌Office？」她轉身詢問另一個工讀生。對方也愣住，聳聳肩。

這間網咖的生意很好，雖然是凌晨時分，卻近乎滿座。放眼望去每臺電腦的螢幕畫面都是CS Online。CSO是當時很流行的「生存遊戲」，螢幕正中間是一把槍，玩家只需要操縱那把槍就能狙擊敵人，如果要說有什麼吸引人之處，大概就是把敵人爆頭那瞬間吧。畢竟在現實中不能殺人，可在遊戲裡就不一樣了。

「我第一次看到有人來網咖不打遊戲，還要做功課。」老闆笑著說。他試了幾臺電腦，才找到那臺萬中選一（可以用Word）的電腦。

我按下開機鍵，側身將背包裡的書拿出來，一疊疊放在桌上。坐在我兩旁的男子，左邊在吃炸醬麵，發出「窸窸窣窣——。」的聲音；右邊戴著耳機，眼睛直勾勾地盯螢幕，不時忘情而發出吼聲。我打開Word檔，很快找到需要加註的地方，游標移過去，朝鍵盤輕輕敲下幾個字：

「簡媜《胭脂盆地》這本書……。」

「噠！」遠方傳來爆裂聲。

「她獨自走在夜晚的臺北街頭……。」

「噠噠噠噠噠噠噠噠噠——。」誰？是誰在攻擊？

「噠噠噠噠噠噠噠噠噠噠噠——。」槍聲再次響起，我也起身拿起一把槍，瞄準遠處目標，按下去卻無法擊發。

Need Backup（需要支援！）我決定躲進荒蕪大樓。

荒蕪大樓裡有無數個房間。每個房間都是一個關卡，系統預設由「喪屍」看守，想要闖關成功，必須跑到頂樓坐直升機離開。如果能在遊戲結束前殺死「魔隱師」，就可以得到他的神秘力量，或者化身為魔隱師去殘殺其他玩家。

打開門，預期是一間廢棄辦公室，沒想到映入眼簾的，卻是我最熟悉的地方——父親的家。自父母離異後，我和父親每年只見一次面，就在這裡。桌上擺滿了餐具。盤子裡盛滿一張張的臉。有的臉沒有嘴巴，以一朵盛開的花取代；有的臉被一隻手摀住了嘴巴；有的臉則是用手在唇邊比了個「噓聲」的手勢；有一個盤子是女人的整張臉，她頭上的髮網，包裹了一窩小蛇；也有盤子上面只有五、六個鮮豔的紅唇，一張一闔；也有幾個空盤子，沒有印著任何人臉。牆上時鐘指向七點，晚餐時間，父親的家居然沒有人，人都到哪裡去了？

「叮咚——叮咚——。」門鈴聲劃破寂靜，伴隨「叩叩叩——叩叩叩——。」急促的敲門聲。我走過去，打開門，一群喪屍朝我衝過來，我拔腿就跑。那些喪屍一邊追我，一邊大罵：「妳這個討債鬼」、「看看別人家的小孩」、「如果沒有生下妳就好了」、「妳有沒有家教啊」我回頭一看，有的是親人，也有的是陌生人，拿著雞蛋、油漆與冥紙，大吼著：

「欠錢還錢！」我跑進廚房，打開冰箱，躲進去。

冰箱裡藏著一座舊公寓。矗立在試院路上的舊公寓，客廳的冷氣強到像待在停屍間。一名身形肥胖的男人攤在沙發床上，閉著眼，若不是因為他發出的陣陣鼾聲，我不會相信他還活著。視線往下移，我嚇一跳。他全身赤裸，肚子疊了好幾層肉，露出的生殖器沾染豬油色般的混濁黏液。某次，母親腳受傷，我自告奮勇地跑這一趟，我才明白為何母親交完房租回到家，都會重複說著「噁心」。沒有防身的武器的我，只能悄悄往後退。

此時，暗處伸出一隻手，輕拍我的肩膀，我轉過身。

「這是妳爸爸？」眼前的女人拿起身份證件向我確認。

我沒有立即應答，因為跟「父親」有關的事，通常不是好事。這女人解釋，她曾是父親的下屬，她現在坐的位子就是父親當年的辦公室。在她的回憶裡，父親是個慷慨解囊的人，每次領了薪水，從樓上走到樓下，錢都被同事借光光，她還跟父親開玩笑說要他好好待在樓上，沒想到父親之後辭職，再也沒有來上班。母親承租女人名下位在萬隆的國宅，直至我大學畢業。

某年，樓上的住戶為了裝潢，不小心在地板鑽了個洞，那個洞也貫穿了樓下我家的天花板。雖然經過修補，時不時總覺得有人從那個洞來窺視我，尤其當我知道樓上住著一對與我年紀相仿的兄弟，更讓我覺得噁心。

我順著牆壁往上看，果然有一隻眼睛正往洞裡瞧。

原來是那些喪屍。他們無法進來，所以只能透過那個小小的洞口看著我。

我瞄準洞口，「砰——。」

「啊——。」對方一聲慘叫。

那些發狂的喪屍仍緊追著我，我只能繼續往上跑。用力扭動門把，門打開，居然不是頂樓，又是一個房間。房間裡面是全然的白色且無限寬廣。眼前只有一張老家的舊沙發，沒有其他傢俱。地圖顯示我正在自己的房間。但這應該弄錯了？因為從小到大，我都沒有自己的房間。

有一人背對著我，坐在沙發上。「不准動！」我機警地提起槍，瞄準他，「面對我！」我命令他。他站起來，回過身。

我看見他的臉。

「HIDDEN KILL!」（殺死魔隱師！）

我放下槍。

「HIDDEN KILL!」（殺死魔隱師！）

爸爸。

「HIDDEN KILL!」（殺死魔隱師！）

我流下眼淚。

畫面一黑，投幣式電腦關機中。

「媽的爛電腦！」那位一直在背後操縱我的玩家罵罵咧咧了幾聲。

▪

站在月臺上的我，喉嚨實在痛得不得了。去了趟診所卻被拒絕看病，理由是沒有繳健保費。電話彼端的父親，承認他拿走了我和母親的錢，卻沒有去繳費，導致全家被鎖卡。隧道裡列車急駛而出，在尖峰時刻的候車處，最後一個上車的我，只能不斷地縮小自己，將身體斜靠著車門，低著頭，兩手張開緊貼著玻璃窗。玻璃窗裡映著一個小女孩的身影，她手裡拿著玩具，那是一個粉紅色的手提娃娃屋。娃娃屋，是芭比娃娃住的房子，裡頭的傢俱應有盡有，還豢養一隻貴賓狗。

我沒有錢買娃娃屋，但我曾擁有一個芭比娃娃。當年父親被證券公司派駐美國，返臺時贈送給我的禮物：一個金髮碧眼的芭比娃娃；還有一個高挑貌美的阿姨。隨著我的年紀漸長，不再玩扮家家酒，索性將芭比娃娃封箱送走；可是阿姨卻永遠留在我的心中。

回到家，關上門。「叩．叩．叩」敲門聲傳來。從門眼望過去，已然形成一列隊伍。隊伍的最前方是貼上封條的二手傢俱，沙發電視桌子椅子櫃子檯燈床鋪洗碗機洗衣機。後面是一群喪屍在餐桌旁圍爐，桌上擺有雞蛋、油漆與冥紙。後面是睡在母親床上的那隻流浪貓。後面是一群身著同款球衣的孩子們正在練習踢球。後面是他們的教練爸爸，也曾是我的父親。

所有的行李都飛起來。

在列隊的盡頭處，只有我留下來。

佳作／楊敏夷

黑過誰——記東菜市場的小黑

作者簡介

現為臺師大國文所博士候選人。曾出版個人詩集《迷藏詩》；曾獲雙溪現代文學獎、北教大文學獎、謝東閔文學獎、中興湖文學獎、全國學生文學獎、耕莘文學獎、花蓮文學獎、葉紅女性詩獎，紅樓文學獎。

得獎感言

我只見過黑狗一次，他的陪伴曾帶給父親大夜工作很多的快樂。後來殺害他的不是無常，而是人心，我永記得父親回家抹淚的樣子。又過了幾年，換他失足落水，我們抹淚。穿著黑色的海青誦經時，我有時回顧，懷疑黑狗就坐在身後，陪伴著微笑的父親，兩個生靈身上沒有血跡也沒有濕寒的水，只無言看著我們一眾的墨黑。

黑過誰——記東菜市場的小黑

——如果命運待你很黑，你的選擇是否會是更黑？

我父親失業多年，曾有許多年，他以賭博、投資股票為生，卻不免背上債務。那年，距離他落水離世的十四年前，他忽然轉了性——或許是因為我堅決拒絕幫他償還麻將桌上積欠的八千塊賭債——終於，他願意出門找工作了。

剛開始是在安南區的傳統市場幫忙分篩來自臺南安平港的蛤蜊。這是一個體力活，父親勞作得十分辛苦，更糟糕的是老闆待他言語刻薄，讓他備受打擊。於是他回家點香向住家神喃喃抱怨。是夜，觀音入夢，認真同他說明：據說過去世的父親曾富甲一方，而今生的市場老闆原是在他豪宅賣身的長工。父親當時給薪並不小氣，可惜言語寒涼，每每傷害這個老實勞工的尊嚴。今生偶然再遇，兩個人勞資身份互換，對待他人一向敦厚的老闆特別喜愛冷語酸言的折磨他，那原是他隱藏在意識底層的舊傷。父親夢後幡然悔悟，白晝上工，從此默然身受，不再反唇相譏。老闆見他沉默，忽也變得柔和起來，幾個月之後，他們竟然相處和睦。而老闆發薪豪邁，頗有父親夢中過去世的地主員外風格。但父親還是抱怨工作勞苦，老闆於是為他謀求另一個清涼職位，好讓他安生。

——原來住家神還能扮演夜間的心理醫生，重點是：諮詢費用很實惠，只需要每日不間斷的香火與鮮花素果。但是效果良好，足以改善白晝俗世的人際關係。

老闆讓他到城市的另一端，位於臺南市區的東菜市場，有個大夜管理員的職缺，專門負責巡視夜間歇業的市場，免得小人進入偷盜，工作時間從傍晚到清晨三點，每當攤商們清晨開始整理貨物準備營業，即可下班回家。父親依言前去領取這份工作。他為此還喜孜孜的購買一部全新的電動車，每夜當他用過晚膳，七點鐘準時上工。夜間，他騎著嶄新的電動車，來回巡行無人的菜市場，彷彿是一個夜間的君王。父親壯年晚期的日子，從此有了一點尊嚴與盼頭。

而他就是在萬華的東菜市場附近遇見小黑的。在父親前去之前，小黑原是市場附近巷弄中夜間的王。黑狗幫助日間供給牠飲食的市場攤商們夜間巡視市場周圍，每遇宵小入侵，牠必露出剽悍黑毛下白森森的利齒，英勇奮戰，嘹亮的吠叫聲常驚醒住在附近的居民，嚇得小賊落荒而逃。然而，當攤商們調閱監控，黑白片裡的菜市場往往辨識不出賊的完整形貌，小黑當然也指認不出賊的身份。於是攤商們全體決議：必須尋找另一個夜間的王，一個更稱職的市場守衛。小黑於是光榮退場，等待父親的到來。

沒想到兩個生靈竟然一見如故。小黑喜見父親，牠收起利牙，興奮搖尾撒嬌。父親也喜愛小黑，每晚總為小傢伙多準備一份吃食。每當父親騎著電動車前來上工時，小黑總是很勤快的一路相隨，熟門熟路的為他在前頭清場帶看。而當父親休息收聽廣播節目時，小黑每每跳上他的電動車，張著烏黑發亮的大眼珠，溫馴安靜地凝視著父親。

父親於是撫摸著牠的頭，說：「小黑！小黑！你真乖，你對市場忠心耿耿。但你名喚小黑是否曾經黑過誰？」小黑說不得人語，嗚嗚兩聲，算是一個結語；父親聽聞後不免啞然失笑。

但，很快的，父親便得到他想要的答案。

第一重黑　黑過誰，或許黑過夜色

某夜，父親帶著小黑騎著電動車黑衣滑行過整個市場腹地，很意外的聽見柔弱可愛的喵嗚聲。那是一窩初生的小奶貓。母貓不知何處去覓食了，獨留一窩飢腸轆轆的小可憐。父親喜不自勝，沒有多想，就把自己與小黑宵夜的牛奶倒給這群小奶貓們舔食。

小黑原本烏黑發亮的眸子瞬間變得陰沉。牠發出悶哼的嗚叫低響，露出嚇人的森白利牙。原本舔食的小奶貓們瞬間撤退，擠成一團，瑟瑟顫抖。父親因此惱怒，轉頭斥責自己的忠實夥伴：「小黑你幹嘛？你嚇得小貓咪都不敢喝牛奶了。」受責難的小黑目光低垂，再看不見剽悍的黑眸。

父親以為無事。他依然每夜興沖沖的去便利商店購買並溫熱牛奶餵食小貓。母貓後來回歸，父親發現牠是從前被小黑驅逐的大橘貓，自此憐惜更勝。而小貓也逐漸可以站立、行走，模樣越發嬌巧可愛，每夜喝完牛奶，便勇敢追隨在父親的電動車後面，成為展昭小黑後面的王朝馬漢張龍趙虎，他們整群工作得非常勤快，彷彿是一個團隊，但從不要求薪水。可惜小黑始終不曾接納過橘貓家族，每每回身就是一頓齜牙咧嘴，讓小傢伙們再次抱團取暖的顫抖。

悲劇發生的那夜，父親巡視過一遍市場，並餵食過小貓之後，便回到市場入口附近，端坐收聽電臺廣播。他沒留意到小黑隨他巡行之後，忽然消失，並沒有像往常那樣依偎在他的腳邊撒嬌。直到父親聽見淒厲驚恐的貓叫聲。

當父親騎著電動車趕到命案現場——只見母貓拱背，發出怨毒如蛇嘶一般的聲響；而小黑的嘴裡叼著一隻小奶貓，鮮血淋漓，明顯已經斷氣；其他倖存的小貓們躲藏在母貓身後無聲地顫抖——父親氣到幾乎暈過去。他拋下電動車，衝上前爆吼：「小黑！」小黑原本的低吼聲，在聽見父親的憤怒呼喊之後，兇惡的眸子瞬間變得無辜，利牙鬆動，嘴裡斷氣的小貓於是無助地墜地。

父親衝上前去撿拾並且翻動小貓，確定已無心跳。這下怒從心底生：「你這個黑心肝的小黑，竟連小貓咪都不放過。」一母貓近身，快速叼回小貓屍身，不斷舔觸；小黑再度怒目瞪視，卻被父親一把按住，翻倒在地，朝著後腿處狠狠地打了幾個巴掌，嚇得牠嗚嗚低吠。

那是父親第一次對小黑發怒，他很傷心的落淚，親眼見母貓把剩餘的小貓一隻隻叼走、搬家。父親認定是自己的一點暖心害死了那隻小貓。這是動物世界的生存之戰，小黑無法理解父親對牠的嫌棄。父親自己思量：我難道是指望一隻畜生能變成人嗎？

小黑，你曾經黑過誰？牠曾黑過一隻小奶貓，活生生咬斷人家的脖頸。父親往後深夜收聽著廣播、看著黑烏烏趴在自己腳邊眠睡的小黑，總不免嘆氣：可惜你的心比夜色還要黑。

然而，父親錯了。小黑是為了懲罰小貓偷吃市場的乾魚才執法過當的，牠才不是最黑的。最黑的永是人心。

第二重黑　白日焰火，黑夜復仇

東菜市場的攤商們有情有義，他們不只收容市場附近流浪的小黑，還幫助過不少臺南街友。

市場總是需要臨時勞工。只要有缺，他們往往向街邊喊去，領回一些有力氣的街友回來幹點體力活。其中，有個特別強壯能做事的街友，名字喚作阿火兒。攤商們特別喜歡找他，每次做工完畢，當場發薪，阿火兒領新臺幣也領得非常開心。攤商們每每勸他去找一份正職的工作，好過市場的臨時工。無奈阿火兒總是不肯。他說自己做不住長工，老闆總是刻薄罵人，他又天生脾氣大，難免頂撞。他與家人也是寡合，還不如在街頭流浪隨意零工度日快活。

某日，阿火兒忽然自己來討工作。那是過年前置辦年貨的大節日，攤商們各自忙碌，當日卻沒人要請臨時工，於是剛巧都拒絕了他。有人忍不住又勸他去找個有勞健保的正職工作。阿火兒當場大發脾氣，狂罵人家祖宗十八代，於是市場裡面越發沒人願意搭理他。

他忿忿然經過小黑的身邊。彼時，小黑正進食一大塊肥美的雞腿。阿火兒頓時心裡一把火：「這個破爛的世界連畜牲都過得比我好！」他當場發起失心瘋，用腳狂踹小黑，原本慓悍的小黑竟被他暴打到吐血。攤商們顧不得生意忙碌，趕緊拉住瘋狂的阿火兒，尋人把小黑送到動物醫院，可憐的小黑卻還是傷重不治。

當夜，父親上班，迎接他的不再是搖尾微笑的黑狗，而是一具冰冷的狗屍。小黑沒有等到他的王來救牠。父親痛哭失聲，與攤商們一起火化了這個市場裡最忠實的看門狗。幾個攤商用手背抹眼淚，對父親說：「這事還沒完，你等著看！」

隔著幾條街，父親聽見阿火兒的哀號。他裝做沒聽見。附近的居民都聽說了白晝阿火兒的暴行，沒人願意插手，更沒有人報警。幾日後，父親看見跛行並且渾身是傷的阿火兒，前來市場討取東西吃。攤商們把雞腿拋擲入地，阿火兒諂媚而困難的彎身撿拾，當下大口撕咬：「不知是誰蓋布袋打我呢。」阿火兒笑得慘兮兮的，模樣愚得竟然有點可愛。

然而，這時的阿火兒，模樣卻是比小黑還要更黑了。

第三重黑　黑衣的日子

小黑離世之後，父親變得越發沉默了。每夜上工，無人作陪。還好後來橘貓領著幾隻倖存長大的小貓們回來，每夜跟在電動車後面一起巡行，父親這才又露出了笑顏。

某日清晨，父親下班，興沖沖的騎著電動車前往河渠釣魚。後來他再也沒有回家。我們火化了他，並穿上佛教的黑色海青為他誦經。父親連人帶車摔進河裡面，漂流出海，被海巡署發現打撈上岸。我們不知道要去哪裡找誰蓋布袋為父親報仇，只能埋怨小黑：因為小黑曾經咬死過一隻小奶貓，而貓愛吃魚。於是父親就此迷戀釣魚。

——這個因果報應沒有邏輯？但或許就是天理。

後來公祭時，東菜市場的攤商老闆們集體前來為他弔唁，他們提起父親：「多麼好的一個人啊。」我們身為家屬，鞠躬答禮，卻全體不提他曾經失業爛賭的黑暗破事兒。

喪禮最後結束於父親自囚骸骨灰燼於一只密封的甕。我想起某一夜去菜市場探訪父親時，曾經親喚過一聲：「小黑！」黑狗健壯的身體當場顫抖一下，然後搖著尾巴向我跑過來嘿嘿嘿的微喘吐舌，暗黑的眸子裡滿是溫柔的笑意。我當場忍不住發笑：「喂！你這樣還能算是展昭嗎？」然而，父親的夜巡工作早就霧散雲消，只有那場黑衣的日子，隨著黑夜——無止盡的黑過我漫過我淹沒過我，從此無有盡期。

佳作／羅菩兒
屬地的雪

作者簡介

二〇〇四年生。堅定的沒有主義者。愛好是浴室沈思，在備忘錄罵人，和不定期更新一件小事。

夢想是住在被森林包圍的小木屋裡，沒有颱風和蟲蟲。下輩子想當巧克力，不當牡蠣也不當莫札特。

洽 puereup@gmail.com，和我不存在的狗勾打招呼。

得獎感言

感謝定禎師姐和定光師兄給予我創作的自由及尊重，還有愛。

感謝不存在卻一直陪伴我的狗勾，如果下輩子當巧克力，希望我們被裝在一盒裡面。

屬地的雪

余樂，我不知道事情要從哪裡開始說起，那個下午我給室友看以前的照片，我從上幼稚園開始就很少拍照了，他說我三歲的臉看起來被社會摧殘過，小學二年級卻笑得那麼開心，我說我那時候補全科欸哈哈，室友說，你現在笑起來和那張照片很像。我找不到一個見證過我的人來驗證他的話，我不知道該不該相信他，還是其實相不相信都沒差。

余樂，我覺得人總會在心底下意識呼喊一個名字，六歲前我都喊外公的名字，在某次換氣的瞬間，我意識到他根本不會出現在我身邊，我們之間太遙遠了，從那天起我不再呼喊任何名字，可是不知道從什麼時候開始，我又學會在腦中呼喚他人，好像一種安慰，告訴我一切都會好起來的。我總把別人的功勞歸功給你，這樣就無需呼喊太多人。

一月九日，天氣陰。一切也沒有那麼糟糕，今天姐姐帶阿菲來咖啡店裡，阿菲的弟弟叫什麼我忘記了，大人都喜歡阿菲，她像一顆肥肥的、低矮的紅色果實，她弟弟則被一群成年人關心是不是有自閉症，這群成年人中不包含我，因為我總是認為自己是個孩子、跟阿菲和她弟弟同個年紀，我應該同他們一起坐在巧拼上玩臭臭的彩色玩偶，而不是坐在折疊椅抱怨自己不喜歡黑咖啡，且對於牛奶的需求羞於啟齒。但哪怕回到童年，我也是只會自己待在課桌椅上看國文課本，默念明日復明日、明日何其多的，過於懂事以致於使人感覺無聊的小孩。那些大人坐在折疊椅上，親切地問我，你和阿菲她弟弟很有共鳴吧，快點教會他怎麼開口和大人說話啊。我盯著漂浮著熱帶魚的透明小水箱，必須在冷與躁之間，做出第三種選擇。

上週姐姐要我照顧阿菲她弟弟，我想起來了，他叫阿倫，但是他媽媽都叫他全名，那些大人不敢在他媽媽面前說、說阿倫可能有自閉症還是亞斯伯格什麼的，早上八點的時候阿倫坐在沙發上，看到我下樓就躲到抱枕堆裡面，電視上的雙語兒童節目剛進廣告，我轉到正在播放的其他卡通，如果他的視線在電視上，我就會放下遙控器，從粉紅豬小妹再到帕靈頓熊，整個上午沒有說一句話。姐姐中午回來，我和阿倫同時看向她，她說我們沒有說話嗎，我說我和他說話他也不會回答，就沒找他說話了，姐姐笑了一下，說我們兩個的緊張有種一致性。

余樂，我幾個月前去交叉查榜搜尋了以前同學的名字，有國小同學和國中同學，他們遠不如當初亮眼，每當這種時候我都會有種割裂感，像一張極薄的綢布被撕開，時間和時間能夠互相對視，過去那些我所在乎的事物其實都微不足道，那我現在在乎的東西呢？是不是也不值得我如此焦慮。我其實早就不記得他們的長相和你的長相，是的余樂，我記不清楚你的長相，也確定當我呼喊你，呼喊了太多太多人。幼稚園的所有人中，我只記得午睡時在我右邊，姓丁的女孩子，她穿橘色羽絨外套，還有你，余樂。回臺灣後我轉了很多次學，第一間國小的太陽很大，那一年我因為沒有當上模範生哭了很久，在生活課學會了用素描鉛筆拓印五十元硬幣和樹皮，老師希望我參加演講比賽，但我只待了一學期；第二間國小在台中，我的鄰居很會讀書，姐姐說，她生病了才考第七名，我卻因為考了第九名而沾沾自喜。於是開始補全科，補習班沒有人願意和我說話，他們說我講話有一種口音，我的抽屜會被人偷偷放進老師的愛心小手，我記得那個補習班的味道，一種腳味。現在我們都長大了，除了我沒有人會記得這段回憶，他們只會記得自己被風灌滿、像皮球一樣拍打在地面，又重新彈回手中的童年。如此重複，風雨球場上充滿了令人嫉妒的幸運。

從這裡開始，那些令我所痛苦的已不在我身邊，一開始總在想，如果他們重新出現在我身邊，我應該怎麼辦呢？這種事情並不會發生，就像我一次次假設我害怕的人經過我身邊時，目光該看向哪裡，假設我所愛的人的隔著電話親吻我，需要如何回應而非哭泣，這些事情都不會發生，從這裡開始，一切都太遙遠了。我轉去一所很遠很遠的國小，向父母訴說先前的一切，得到末班車一般長久的沉默。

余樂，我記得我小時候最喜歡收藏自己的美勞作品，把它們整整齊齊的收納在房間的小推車裡，這種收藏癖原來在幼稚園時就顯現，我已經完全改過，現在我不收藏任何東西，也不再是喜歡在課堂上發言的人，老師好像都不喜歡班級群體裡性格突出的小女孩，這樣是需要被打壓和矯正的，他們也同樣不喜歡乖巧到無趣的學生，我高興時會變成前者，不安時成為後者。現在的我、過去的我，都和你當初認識的我相差甚遠，因為我們先於我的意識形成之前就已經認識，是初次撥響的弦樂器，溫柔如手語。我記得每天放學我們都會一起玩，大多時候不去遊樂器材區，我們會去有白色牆壁和絲柏木香氣的走廊，需要爬樓梯才能看見的、有畫的走廊，老師不會帶我們去那裡。和原本的教室隔著一片草地，沒有人在上課，沒有大人和小孩，只有靜靜的畫作，紙張被夾在一條麻繩上，靠著空教室的窗戶，風吹過的時發出樹葉的聲音，畫紙被吹歪，我歪著頭看著玻璃中歪著的你。我很喜歡那條走廊，你一定想不到，我離開南京之前為什麼不理你，因為有一次我看見你帶別的小朋友去那裡玩。余樂，這是一種背叛。

2是天鵝，5是懷孕的媽媽，6是小孩，8是西裝筆挺的男人。幼稚園校外教學前一天，我和媽媽吵著要穿紗裙小洋裝，可是當時天氣太熱了，她說不行，我就發脾氣，結果發現我每天和她說炒飯油放少一點卻一點油都沒少的炒飯，在那天油變少了，哭著吃早餐，邊吃邊說媽媽我愛你。校外教學去的地方是社區附近的小湖，有天鵝船，為了帶媽媽去看那個在公園隔壁的湖，死記硬背把路記了下來，結果約定的那天我要補課，她帶弟弟去看了。這也是一種背叛，媽媽，我不因無法決定自己的去向而怪罪你，卻會因為那些非我們所願的失算，把早已冰封的憤怒和怨懟全部溶解，如果你不愛我，我不會歇斯底里，可是如果你不夠愛我，我會知道，難堪原來是能流滿每一個隙縫的。我記得很多事情，關於你、關於外公，關於我被切割成無數塊，碎糖一樣的兒時，如同你當初把外公的一條菸盒拆開，叫我練習寫1到500，至今我仍在300和400間反覆錯亂，他們太過龐大，無法被賦予人格形象。為這些背叛，我已經難過了太久。台灣不下雪，我在作文寫了一場雪，老師說有些事情不能光靠想像。

南京的後院在下雪時會形成一個小雪丘，我和弟弟帶著露指手套，為了能觸摸到雪而被凍得通紅，地上踩的雪和捧在手裡的雪是截然不同的。轉學之後再也沒遇過補習班裡的那些人，總在想著，我有一天會讓他們刮目相看的，可又實在不願意把人生交給他們評價，現在已經沒有老師指定我參加演講比賽了，我不知道是我的口音變了，所以才有人願意和我玩，抑或是其他。第三間國小是轉學的終點站，七月我在活水湖差點溺水死掉，隔年考了美術班，擁有了非學科的驕傲，可是父親每天質問我，對什麼事情認真過，他拿著模具，企圖擠進尚未成形的我，姿態像隔壁座位切橡皮擦的男同學，帶著不假思索的殘忍。我記得門口的那棵棗樹淋滿了雪，外公用水桶做了一個雪人，我們沒有像卡通一樣，用紅蘿蔔當雪人的鼻子，這是一個沒有鼻子的雪人，渾身空白地站在睡夢的深處，我緊緊地抱住了外公，害怕眼淚使任何雪融化，糖霜沾滿臉頰，最早的記憶從這裡開始。

於是一八年開始記錄夢境，重複五次夢見一場雪。寒假實在是太短了，輕輕打翻一個玻璃杯，就可以嗅到終結的意味，桌子下壓著一張老照片，外公在後面教我學走路，父親說我是沒學會爬就會走路的小孩，所以特別容易跌倒，我閉上眼想像不見的回憶，企圖再次擁有它。哭的話，眼睛是看不清東西的，過去的我看見的東西都模糊，所以才忘記很多事情，就當是被水霧覆蓋的鏡子，擦乾淨就好了。

一月二十三日，天氣陰。姐姐問我我的興趣是什麼，我說聽音樂、畫畫、寫日記，她說，那我的人生不就一點樂趣都沒有嗎。幾年前她也給過我另一個答案，我說我沒有朋友，她說是我的問題。也許我應該看偶像劇、學游泳、唱ＫＴＶ，這樣才能快樂，像我的高中同學一樣，交一些別人定義的朋友，在某個節點默契地互相拋棄，是一種禮貌。晚上我刪除了幾乎所有高中同學的社交帳號，沒有人教我告別的方式，我只能一次又一次以打結、丟棄、轉身作為別離，用被拋棄的經驗學習如何拋棄。快樂是真的，我會在洗手台想起，然後笑出來，不小心吞嚥牙膏泡沫，想起喝飲料被惡作劇嗆到的瞬間，快樂是可以被任何人取代的，我們在一間包廂唱的歌，也會重複播放在另一間包廂，留下一樣的回聲。撫摸一張極薄但無用的溫情，壓在玻璃桌面，用冷凍的姿態告別青春期，我的童年太早拿出來退冰，現在散發著一種屍臭，已然無法食用。

那裡有一場極大的雪，余樂，我是可以回到過去的，可是已經沒有人了，積雪覆蓋了整個公園，短暫的朋友們被遺留在回憶中，沒有盡頭的旋轉樓梯間，如果不在正確的時間搭上天鵝船、把自己的倒影貼在水族館上，長大後就沒有假裝自己是小孩的能力。你叫我快點醒過來，因為每個我所痛苦的當下也印著保鮮期。我不對貓咪學貓叫，不模仿小孩和小孩說話，不試圖自我欺騙，因為尚未學習如何成為貓咪或孩童，只是用一個姿勢整整坐了十八年，看不出幼稚與成熟。

我變了很多，余樂，你要記得我，就算你不曾見證我。必須讓這場雪下得更盛大，掩埋一切腳印般的苦果，那裡曾經站了許多人，但都失去了名字，又或者在這雪之下，是未曾留有歷史的屬地，不需跟隨任何不屬於我的英雄，也不必聽從時間、親人、一切眼光的殖民。余樂，你告訴我吧，用無數雙眼睛看看，屬地的雪停了嗎？

現代小說

首獎
林佩妤
桃子

評審獎
黃郁安
輓歌

佳作
王有庠
undercut

佳作
陳有志
挪威的森林

佳作
彭思瑋
驚蟄

現代小說　總評摘要

郝譽翔老師

郝譽翔老師認為相較於前幾屆的作品，本屆的小說略為浮躁。小說應當注重基本功——講完整故事的能力——應當透過小說展現作者自身的觀點與想法。科幻的作品較不好寫，要如何清楚的表達自己的想法是較為困難的。在此基礎上，譽翔老師推薦各位同學去觀賞《黑鏡》，學習如何撰寫科幻小說。

此外，譽翔老師認為有幾篇作品帶有說教意味，相較於直接用「說」的，應當讓小說角色「演」出來。最後，老師鼓勵同學們：「寫作是漫漫長路，是需要慢慢耕耘的，大家不要氣餒！」

何致和老師

何致和老師認為這一屆的稿件，在題材方面有多元的展現，且有扣緊時事的趨勢。然而，有些作品缺乏故事的呈現，作者急著溝通自己的意見，反而趨向散文式的意見表達了。小說作品必須有「故事」，如果只有意義，這樣是不夠的。

致和老師提到：「大家都想寫故事，但是故事該從何而來呢？有兩個方向：現實世界、想像力。」有不少作品以「老師」的身分出發，這是取材自現實生活、個人的作品，這對致和老師而言是比較獨特的體驗；不過這樣的故事，卻也有些問題，文學的濃度較為不足。老師建議想寫現實題材的創作者，可以多練習文學呈現的方式，增加作品的美感。

另一類，幻想類的故事，有許多作者幻想出來的情節，這類的作品是本屆作品中的多數。幻想類的作者，運用腦洞大開的情節與文字運用，呈現出來的作品令人讀得愉悅；不過當致和老師想往更深沉意義去思考時，卻發現難以共鳴，難以進入這個幻想的世界中，也就是說，故事的說服力是不夠的——幻想出來的情景不真實。要建構「真實」的小說世界是需要努力的，需要讓讀者放下內心對虛構的懷疑。老師建議創作者，練習建構這樣的小說世界。

總評最後，致和老師提到希望能多看到以校園學生的身分為敘事的作品，各位作為在學生，這是在寶山而不覺的可惜。

方清純老師

方清純老師認為這次的作品中，有許多偏向散文式的敘述，也有許多偏向大眾文學的取向。老師提到自己評文學獎的主要評斷是文字使用的能力。有些作品的段落拿捏較不好，情節如果沒有推動作品，那是可以捨去的，留下有深度的情節描寫。小說需要靠細節去建構，有些作品呈現出「未完成」的感覺，漏字、錯字、邏輯謬誤等。

總評最後，清純老師提到：「這次的作品，讓自己感受到校園創作者是如此值得期待的。」

方清純老師

何致和老師

郝譽翔老師

首獎／林佩妤
桃子

作者簡介

想認識我的話可以來方格子找我玩，或去找很久以前寫的《長大後，不想忘記的事》，耶。

得獎感言

雖然大家說作者已死，但我就好好地在這裡，看著最近關於歧視言論的風風雨雨。

所以想邀請即將翻開這個故事的人，不要又只是讀到一個個刻板印象，我想要的是還給移工們聲音，把被慾望的女性身體還給她們作為自己的武器。我當然做得不夠好。可以的話，你大可完全不要翻開它，直接走進身邊那些你所不了解的生命裡。

桃子

2020.12.15

我開始寫信給妳，因為我怕我忘了自己的語言，也怕妳學不會。

好久沒有拿筆了，這讓我想起童年和家鄉。我在七歲上小學，拿到了第一支鉛筆，在那之前我和鄰居妹妹會撿來細樹枝，模仿哥哥寫字。筆握在手上的感覺還是好不一樣，它好平滑，要用手指用力夾住才不會溜走，我歪歪扭扭地簽名，覺得練習那麼久都白費了。

就像現在，手腕拖動筆的痕跡，紙放在硬床墊上的觸感，我還要一點時間才能習慣。

來到這裡第二個禮拜了，我說過的話也就是那麼幾句，「好」、「知道了」、「謝謝」、「吃飯」。說著另一種語言的時候，喉嚨和舌頭像住著另一個人，她有甜甜的聲音，乖巧聽話，又強壯，所有軟軟地應下的事都一定會完成。

他們把我的手機關機，藏了起來，說怕我被人找到。其實他們一點都不用擔心，沒有人會找我的，我們這種人早就習慣了彼此的失聯；警察也是，都多久了，他們根本就不會追來。

最近天氣應該不錯，妳那裡能看見太陽嗎？

這裡難得一連幾天都有陽光，只是穿過白色窗紗後，照進來的光都是一種髒髒的顏色，像老家旁邊那條泥沙滾滾的小河。他們說白天少開燈，浪費電，於是整個空間都泡在昏沉裡。沒有手機，我每天花好多時間盯著磁磚地上的影子變化，通常是糊糊的一團，偶爾才有點形狀。

後來，村裡突然傳說河的上游蓋了工廠，河裡的水現在有毒了，不能再去玩水。那天我正好從河邊回來，想不起水的味道有什麼差別，但確實覺得那天的河流特別僵硬，流不動，也沒辦法把我們浮起來。一直沒有人真的看過工廠，不過也沒有小孩再去了。

如果在那條有毒的河上，躺著不動，完全不動，那感覺是不是就會像在這裡：一點，一點下沉，沒有聲響也沒有人看見，被水用很慢的速度填滿口鼻，逐漸窒息，然後沉沒的終點是什麼呢……

好啦，不會的，我不會沉沒。

不就是這樣？和大家都一樣。又不是第一次了。還不習慣的時候總會胡思亂想，然後慢慢就會找到出口了，不是那扇我還沒推過的門，是另一種，讓生活還有風能透進來的出口，不用很久妳也會懂的。

晚安。作夢也是某些人的出口，如果今天半夜沒被吵醒的話，也許我會試試。

真想快點見到妳。

2021.1.31

妳真是我的幸運！上次寫信給妳之後，我那晚真的一覺到天亮。雖然不記得做了什麼夢，但我一直記得這件事，想著下次寫信時要告訴妳。

不過幸運總是有一點代價，從那之後阿公的身體變得不好，那天晚上他沒有起來尿尿，也是因為虛弱得幾乎動不了，我又太晚睡了，累得沒聽見他的聲音。我的工作變忙了，但其中一項是每個禮拜有一天要帶阿公去診所。我終於可以出門了！

生活總是這樣，一點點好，一點點壞。

我們今天也去了診所，不管天氣怎麼樣，外面的空氣都很好聞。阿公怕冷，在家裡不愛開窗戶，他的房間有一種尿、臭鞋子和樟腦混合的味道，為了照顧他，我最近都睡在他房間的地上。客廳和連通的廚房是有一股霉味，我試過拿香水來噴，但它們只是疊在一起，沒有誰消失。

老闆好像都聞不到霉味，但她發現了我的香水味。雖然沒說不行，我想她應該不喜歡，臺灣人都不喜歡。

今天是雨天，我其實很喜歡雨的味道，要是不那麼冷就更好了。雨水可以洗淨城市的髒空氣，在雨天裡呼吸，可以感覺到一大團空氣順暢地穿過鼻孔，流進身體裡，最後還可能在喉嚨嚐到一點泥土或鮮葉的味道。好像那些高樓柏油路都是幻影，雨水會洗掉它們，露出土地原本的樣子。

去診所很輕鬆。阿公不用坐輪椅，我們只要勾著手，一人撐一支傘慢慢走。醫生、護士和阿公都互相認識了，到了診所，阿公會自己到櫃檯，自己坐著等，再進去找醫生，我只需要扶著他，確定這一切有好好發生。

不過今天出了一點差錯。

今天我們比平常晚一點出門，到診所時已經很多人了。等待的時間好長，我自己到外面走走。這不是第一次，阿公也知道，我都會準時回來。但今天走得太遠，算錯時間了，我回到診所時發現阿公在低頭打瞌睡，掉到他大腿上的號碼已經過了。

櫃檯的護士很不耐煩，我緊張地想要道歉，卻聽到阿公先說了「歹勢」。他居然自己挪到櫃檯邊，細瘦的身體在我背後擋住天花板的燈，就像一座可以憑靠的高高的牆。

像爸爸在我小時候那樣。

阿公真的人很好。後來，他還教我怎麼用手機玩遊戲。老闆給了我一台按鍵式手機，裡面只有她、她老公、醫院、警察局的電話，和最基本的按鍵遊戲。「妳以後無聊就可以用這個吼……。」我一直拍阿公的手背，跟他說謝謝，他浮在皮膚上的青色血管好像隨時會爆裂。

其實我早就知道那個遊戲，也早就在阿公睡午覺的時候玩膩了。我不怕無聊，我怎麼還會怕無聊？我只是很想一個人在路上走走。

一個人走在台北街上，沒有一直想到工作的時候，台北好像才是小時候認識的那個，「流星花園」裡的台北。有時尚的男孩女孩，他們有用不完的時間和精力，在彼此身上隨意揮霍。我當然知道那些少爺的霸氣暴力、皇宮一樣的高級房子都是不現實的，我只是很喜歡那種充滿自由和希望，什麼都有可能的感覺。

妳會懂嗎？只是走在人行道上，輕碰一棵行道樹的葉子，想像它可能也曾經飄在某個偶像明星的身上，就覺得好親近、好神奇喔。那時候我不是阿公口中的阿玉，我是Ayu，和任何一個匆匆經過的行人都一樣——我沒有想成為台北人，我從來不會奢望自己可以。我只是想感覺真切地走在台北裡，不只是困在一座廚房和沙發之間，一個沒有時空，正緩慢下沉的孤島。

不過感覺到阿公這麼站在我這邊，我還是很開心。那天走回家的路上，我把攬著他的手往上提了一點，讓他的手臂抵著我的胸部，當作獎勵。

啊，不知道該什麼時候跟妳說這件事才不算太早，不過早點知道總不是壞事。男人一直都是小孩，長大只是讓他們學會演戲。Agus、Nicole 爸爸、阿公，他們看著我胸部的眼神，全都還是肚子餓的嬰兒看見乳汁的樣子。

這是真的。我原本以為阿公不會這樣，他那麼老，那麼慈祥溫柔，直到我發現他假裝經過門邊偷看我換衣服。比起失望，我反而鬆了一口氣，好像找回一點熟悉感和掌握能力。太完美才讓人不安，怎麼會有人是完美的。

阿公的手臂像棍子，沒有肉的觸感，一點都沒有色情的感覺，比較像某種健康檢查時用來托住胸部的設備。他也沒有說什麼，只是一路上都掛著笑，像小孩被請吃糖果，不想聲張又忍不住得意。就像他每次在我彎腰或沒關好門時「順便」看一下，真的只有一下，又慌忙避開的樣子，我幾乎要覺得可愛了。

偶爾，這也讓我想到 Agus，他喜歡看我慢慢脫衣服的樣子。但想念得在這裡止住，不然那些畫面會讓人想笑，又在消失後痛苦，而且越來越渴望。每次 Agus 出海，我們就沒辦法聯絡，也不知道他什麼時候會回來。等待看不到終點，所以我最好讓自己不要上癮。

我是不是也不應該太期待見到妳？不過，如果什麼都不期待，好像就不知道為什麼要努力生活下去了。

可能就是這樣吧，一點點痛苦，一點點希望。

晚安，我還是會期待快點見到你。

2020.5.24

抱歉一直沒有坐下來寫信，收不到回音讓人沒有動力。但我常常在心裡跟妳說話喔，總有一天我會把它們全都親自說給妳聽，總會有一天的。

自從上一封信到現在，日子改變了很多。最不一樣的是，現在出門都要戴著口罩，量體溫噴酒精。汗會讓口罩貼住臉頰，裡面都是蒸氣，感覺沒有氧氣可以呼吸。酒精在夏天涼涼的，很舒服，受不了的時候我會偷抹在脖子後面。好多地方的門口都要排隊。

阿公說，外面有一種很可怕的病毒，但他們的政府很厲害，人民很配合，病毒一定很快就活不下去了。我比較想知道印尼的政府是不是也這麼厲害，酒精夠不夠多？

我現在越來越常和阿公聊天，他以前是老師，懂得很多。阿公說第一句話的時候，我通常只聽懂一半，他不會用手機翻譯，所以要很努力找簡單的字，加上比手畫腳來解釋。我喜歡這樣，可以多練習中文，阿公好像也覺得很有趣，反正我們的時間都多得用不完。

另一個會和我聊天的人是Dewi，她是我在診所認識的新朋友，也是印尼人。她打開了我的世界。

我們是在診所遇到的，第一次說話我就哭了。好久以來我第一次聽到另一個人說印尼語，不是 Google 翻譯的冰冷語調，也不是我迴蕩在無人客廳的喃喃自語，是另一個握著我手的人，一個音一個音黏在一起，充滿感情，像田裡濕潤的土。

她告訴我，住在附近一區的印尼勞工們有個社團，平常會在群組中聊天，假日有時也一起吃飯逛街。雖然我現在不能上網，她還是邀請我加入群組，我們還交換了電話，她說有什麼活動或資訊都會告訴我。

之後我們還是常在診所遇見，有時候阿公會在看診後說要休息一下，讓我們多聊幾句再走。假日我們也會講電話。妳能懂嗎？那不只是交到一個朋友，是我和印尼、和外面的世界，終於又有連結了。我和妳說過出口吧，和阿公聊天、想像和妳聊天、想像再次見到 Agus，這些都是出口，但只有這次是真的。它是我封閉在老闆一家人、醫院和公寓間的生活的一道裂縫，就算只有一根手指能穿過，還是碰得到外面的風。

但這有時候讓我更孤單了，尤其在假日。老闆和老闆的老公都在家時，我不好意思和阿公一直聊天玩鬧，又想到外面就正有一群印尼姊妹，可能正開心地相聚，就覺得一個人看陽光特別刺眼，雨聲也特別讓人煩。

幸好還有Dewi，她好會說故事，每次聽她分享和其他姊妹發生的事，我都感覺就在現場。也許我下次該試著問問老闆，她很善良，一點都不像上一個老闆，應該會答應我出去玩一天的。說不定我還能去找妳，只是想像就讓人好激動。

祝妳平安健康，不要遇到病毒，我們很快就會見面的。

2020.6.3

我失敗了，也許Dewi說得對，老闆沒有那麼好，怎麼可能會那麼好。

今天 Dewi 告訴我，她和其他姊妹星期天會去地下街。我也問了老闆，我把全部都說了，從我們怎麼在診所認識，到那個印尼姊妹社團，我沒見過 Dewi 以外的任何人，卻好像都和她們相識好久了。我發現自己的中文變好了很多，一下說得太開心，太晚才注意到老闆慢慢皺起的眉頭。

後來老闆跟我說了好久，不知道是不想太直接，還是怕我不理解，但她說得越多越繞只會讓我越昏。總之我想我沒有漏掉重點：在外頭少和別人互動，能不要就不要，看完診就趕快帶阿公回家，什麼其他地方都不要去。

我的表情可能變得太快，老闆一直說抱歉、不好意思，說病毒也讓她很辛苦，每次她要求我之後都會這樣。但這次我沒被打動，反而有種抽離的感覺，不太相信她表現出的任何感情。

前幾天，Dewi 才知道我這半年多都沒有放假，也知道了我的薪水。「這是違法的！」她在診所外大叫。

「我也是違法的。」我說。

我不喜歡和 Dewi 聊到這個話題，因為她會變得好陌生。不管我怎麼嘗試說出惡魔前老闆的凶狠可怕，或和她分享現在的老闆有多友善，她都是一副冷冷嘲笑的樣子。她總是說我不應該從錢多休假也多的大房子逃跑，工作是為了賺錢，不是交朋友，朋友只能在和錢無關的地方遇到。

「像我們啊。」

她放軟聲音，攬住我的肩膀，那是我記得的最後一句話。一直到牽著阿公走了，我的腦袋裡都還轟隆隆的，一片混亂。

那些我不喜歡回憶的畫面又不受控制地回來了。乾淨冰冷的大理石，讓整間房子都冷到刺人；細跟高跟鞋的喀喀聲，血一樣紅的嘴唇一開一闔，大吼或咋舌或吐口水。那間房子裡明明還會有 Nicole 軟嫩清亮的笑聲，和 Nicole 爸爸天使一樣的關心，但那些令人頭皮發麻的總是最先出現，伴隨著眼淚埋進枕頭後的吸氣聲。

我只在 Agus 以外的人面前哭過一次，在第一個月去給仲介錢的時候。但仲介阿姨沒有理我，只叫其他姊妹把我帶開，她們圍著我反反覆覆地說，告訴我各種更悲慘的遭遇。妳不該抱怨的。雖然她們聽起來很溫柔理解，背後真正的訊息就是這樣：妳拿的錢多，每個禮拜都放假，照顧的還是乖巧的三歲小孩，妳別抱怨了吧。

很好，都一樣。後來我都對仲介阿姨這麼說，她都會滿意地點頭微笑。

可是真的只有錢嗎？Dewi 比我多工作十年了，十年以後，我也會這樣想嗎？

其實我又不笨，做過幾份工作了，錢多錢少當然也有感覺。當它只是感覺，還能故意不去想，可以多看這家人對我好的地方，在心裡把它們相互抵銷。但被另一個人說出來之後，這好像就變成清楚的事實了：老闆一家人對我不好。

不對，應該說是有一部分不好。老闆和老闆的老公到現在還會搭配 google 翻譯跟我聊天，在我學會新的中文單字時開心拍手。我還是相信老闆來幫忙我煮飯、要我試吃新口味的時候發亮的眼睛是真心的，我也相信阿公告訴過我這麼多事，總有一部分不是因為我的胸部屁股、不是因為他太無聊。好和不好都是真的，人不都是這樣一點點好，一點點壞嗎？

但為什麼，手被老闆握著的時候，還是有點想抽開，有點難過呢？

老闆還是直直看著我，我抬起頭，勉強地笑了一下。我理解她的擔心，阿公現在那麼虛弱，為他的健康多做一點保障也是很合理的。但她如果曾經站在我的角度想，一定會知道見見朋友對我來說有多重要。

最後我還是沒有收回手，我能怎樣呢？

不過，前幾天看新聞的時候，阿公告訴我臺灣的疫情已經快過去了，應該很快就能恢復正常的生活。看到其他朋友，還有看到妳的日子，我想也不會太遠了吧。

晚安。大部分不好的人或事情都有好的那一面，在這個世界上，只要珍惜著這些就好了。

2020.11.5

我寫給妳的信都不見了。這一兩個月，我幾乎每天寫，全都不見了。還是其實已經過了三四個月？我不知道，都不重要了。

老闆的老公在我幫阿公洗澡時，以為是廢紙丟掉了。老闆一直罵他，她雖然不知道那是什麼，但看過我寫了很多次。老闆的老公也一直道歉。我後來才發現是自己沒有反應，讓他們越來越著急，趕快說了幾次沒事，他們才鬆一口氣。

但好奇怪，我是真的沒什麼感覺。丟掉了也好，等到真的能交給妳的那天，我也不確定自己會不會寄出這段時間的信。

阿公不再去診所了，改成老闆拿好一個月的藥回家，偶爾有問題再和醫生視訊。老闆的老公常常在家工作。我不知道多久沒出門了。

我開始覺得沒有力氣，睡了多久都還是昏沉，什麼也不想做。時鐘的轉動變得很奇怪，時快時慢，我抓不準。自從某天看到時鐘的時候突然愣住，不確定現在是凌晨還是傍晚，我就開始設鬧鐘，提醒自己該煮飯、洗衣服，或幫阿公洗澡了。

該做的工作一項也沒漏掉，但我的生活和它們越來越脫節。早餐只是早餐，再也不代表早晨或一天的開始，只是停滯的時空裡一個規律的動作。我可能常幾天沒洗澡，也可能一天睡了好幾次，所謂的「天」已經沒有意義了。

沒和 Dewi 見面，我們也會講電話，不過忘了上一次是什麼時候。最近也比較少和阿公聊天，我知道老闆和老公在討論，阿公最近身體都維持得不錯，又不出門，他們也常在家，是不是不需要請看護了。只有我知道，就算各項指數都好看，阿公確實是在衰老，每天困在搖椅、床和陰暗的浴室，他的反應變慢，話和笑容都變得很少。那具身體裡有些東西在萎縮、消失。

我大概也是吧。沒有精神，沒有想法，沒有心情。

偶爾看著自己寫出來的東西，我才會恢復一點感覺——是害怕。那些混亂沒邏輯的字句，好像我已經發瘋的證明。

我會發瘋嗎？

日子不好就期待未來，但我真的不知道還能期待什麼了。病毒沒有走，它把世界凍住了。我不知道明天是不是會被趕出去，又能去哪裡。到處都在關門，全世界好多人死掉。印尼家裡的人都還在嗎？在海上漂來盪去的 Agus 呢？

為什麼一切會變成這樣？糟糕得像一場懲罰。我最近常常在想關於「要是」的問題，會不會有哪一步是我走錯了，原本可以不用走到這裡的？

要是我最後一次出門時偷跑去姊妹的聚會，交了一些新朋友，現在會不會覺得好一點？

要是我和 Agus 去了海上，我們現在會不會全都抱在一起，隨著海浪滾動的韻律入睡？還是已經染上病毒了？

要是我少一點在前老闆罵人的時候和 Nicole 爸爸對視偷笑，她是不是就不會越來越歇斯底里，甚至有可能會接受我？

想法越漂越遠，我就會想起在訓練所的時候。所有準備出國的姊妹一起學習，一起聊天，為想家偷偷掉眼淚。如果知道未來是這樣，我們還會在上飛機前那麼開心地合照嗎？我還會和隔壁床因為消夜吵架嗎？

訓練所再往前就是卡拉旺了。我離開的時候吃著香蕉片，只記得那裡的風都是甜的，混合了香料、水果，和風吹開樹葉流出來的甜。要是爸爸在那前一天沒有喝酒，沒有在工作的路上出車禍，我現在大概還聞著那甜甜的空氣。

要是我繼續讀書下去，或要是我早點離開學校去工作，現在會是什麼樣子？

每一個「要是」都是一盞熄滅的，再也不會亮起的燈，把我困在陰暗的原地。請原諒我再也說不出充滿期待的話了，但我還是會什麼也不做的等著，等到這什麼也不發生的日子到個盡頭。

2021.2.10

我見到妳了。

桃子，我才知道她們叫妳桃子。謝謝妳那麼認真地吃飯睡覺，乖乖長大，謝謝妳讓我看見那麼可愛的樣子。

中國新年剛過，今年老闆一家人待在家，也沒有客人來。可能是真的太無聊，老闆和老闆的老公和我說的話也變多了。他們告訴我，貼了春聯放了鞭炮，壞事都會留在舊的一年，好的東西就要來了。

是啊，好事都來了。阿公的身體突然變得很不好，我又可以留下來了。天氣變冷之後，不知道為什麼，他連走路都很困難，常常大半天都待在床上。真的很對不起，我居然為這件事有點開心。

老闆把手機還我了，說是新年禮物。他們說很抱歉，之前也是不得已的，怕逃跑的我被發現，抓回去，阿公就沒有人照顧了。一年過去，他們總算相信不會有人來找我。我們相互擁抱，說明年一切都會變好。

還是他們其實是覺得阿公快死了，就算少了人照顧也沒關係？我不知道，認識 Dewi 之後我好常忍不住想太多。

老闆和老闆老公一離開，我馬上打給關愛之家的社工，她沒有接，到了晚上才打給我。她說妳很健康，很乖不愛哭鬧。桃子，我輕輕唸妳的名字，覺得心臟震動得太用力，讓全身都在發抖。

「妳覺得她看起來是台灣人還是印尼人？」

「嗯？」社工停頓了一下，好像聽懂了什麼，又好像正在理解，過了好幾秒才慢慢地說：「妳是印尼人，只要帶桃子回印尼辦理，她就可以是印尼人。」

電話結束後，她用簡訊傳了照片給我。

妳趴在地墊上，小手握著拳頭放在臉旁邊，臉頰圓鼓鼓，直視鏡頭的眼睛好亮好亮。我覺得妳就是在看著我。一股熱流從胸口燙至全身，我動彈不得，直到水珠滴在螢幕上才發現自己早就哭了。最後一次見妳還只是一團小肉球，眼睛鼻子嘴巴和手腳都不清楚，在我的手臂裡，那麼小，哭聲那麼弱，好像一下就會消失。一整年，我在心裡和妳講話，妳越來越像一個想像出來的人，樣子越來越模糊。

但我看見妳了，妳在這裡，不是我想像出來的。妳很好，努力在等著和我見面。

那天我整晚睡不著，想起好多好多以前的事。我躺在阿公房間的地上，這裡很寬敞，卻一直想起海港邊那個又擠、又不通風、塞滿濕悶臭味的房間和床。我在那裡嘔吐、抽筋、頭痛到把指甲掐進手心。醒著太糟，太讓人想放棄了，Agus叫我多睡覺，但大部分時候我都卡在睡眠和清醒的邊緣，就像在生和死中間拉扯。

「我不要了！」有一次餓了一整天，等到 Agus 回來才吃到飯，一下又全部吐出來了。我看著瘦了好多的 Agus，抱著抽痛的頭大叫。他蹲下來，一隻手摸我的臉，一隻手放在我的肚子上。

「妳說過的，他是我們的禮物。」他看著我，Agus 很少那麼認真，一個字一個字慢慢說，好像要把它們刻進我心裡，「現在放棄的話，前面的全部都白費了。」

我真的記住了，在以後每一次辛苦的時候，學他的樣子說給自己聽。

我已經做過太多壞事，不能放棄了。

從我扛著行李，看最後一班公車開走，決定再也不回那棟豪宅的假日；不對，從更早之前，從我不躲開 Nicole 爸爸放在我頭上的手，時常對著他笑，從我走進他的書房，在他遲疑地停頓時跨坐到他腿上的那個瞬間，就停不下來了。我不知道自己是在贖罪，還是壞事本來就像山崩，只會越來越多，反正就是停不下來了。

我沒和任何人說過這件事，除了怕 Agus 知道，更是覺得丟臉。我真的有那麼一下子，期待這樣能傷害前老闆，我以為 Nicole 爸爸從此會對我更好。

其實在穿上褲子的一瞬間我就想到了，是我先開始的，我什麼都不能要求。惡魔和天使才不會分開，只有我可以隨便被丟掉。我努力地保持笑容，走出書房，其實像走在水上，隨時會翻倒沉沒。我們原本可以假裝什麼都沒發生過，但驗孕棒上的第二條線那麼紅，好像在說：沒有祕密是藏得住的。

我丟下 Nicole 跑了，沒有去付最後一個月的仲介費，我在找到下個工廠的工作前都沒寄錢回家，我沒和 Agus 說實話，他為了先拿到去診所生產的錢，在看見妳之前就上了遠洋漁船，直到現在都沒有消息。

做了那麼多壞事，我擔心我會恨妳，讓我的生活變成這樣。但妳的第一聲哭聲就讓整個世界亮起來了，我知道妳真的是禮物，是我接下來要努力的原因。

我不是壞人，只是在做一個媽媽。

姊妹介紹關愛之家給我，說社工和保母可以照顧妳。那是妳出生第九天，第一次從我的手臂離開，那裡的風好冷，吹進我突然空了的胸口。那時候我就和社工約定了，一定會存到錢，帶妳回家。

妳不在的日子也沒有比較輕鬆。脹痛的胸部讓我一直睡不好覺，乳汁總是把衣服弄濕，我總在發冷。在工廠整天坐硬椅子或搬東西，下面的傷口發炎一直好不了。身體的痛都握緊拳頭就能過去了，最可怕的是沒有盡頭的擔心、想念和愧疚。有時候我甚至想，是不是不該讓妳來到這個世界，妳應該快樂地繼續在上頭作天使，Agus也會繼續住在岸邊的船上，聽我抱怨惡魔的壞脾氣……。

但都過去了，那些辛苦好像都是為了讓我像現在這樣看著妳。

啊，寫到這裡手好痛。最近一直用冷水洗菜洗碗和衣服，手指的關節都裂開了，一塊一塊紅紅的。

前幾天我問阿公：「你很痛嗎？」我覺得自己又做了壞事，我應該幫他祈禱的。他的身體回到之前那樣或早早上天堂都好，就是不該卡在這裡，雖然這讓我有工作。

他那時精神很好，摸了摸我放在床邊的手。他說，痛不是壞事，可以讓我們知道身體有問題了，需要幫忙，然後我們才會變得更健康。

我想妳一定也很辛苦，和那麼多其他孩子生活在一起，也許沒有足夠的衣服或食物，沒有很多玩具可以玩，沒有人陪。桃子，一點痛是好的，我們會長大，會變得更好。

外面又有咻咻蹦蹦的聲音，拉開窗簾，應該可以看到很多顏色的煙火。新年快樂，桃子，好的事情都要來了。等到病毒消失，我也存夠了錢，我就要去接妳了。

評審獎／黃郁安

輓歌

作者簡介

我是安安，不務正業的歷史所研究生。口頭禪是「嗷嗚」。喜歡散步，走很長的路，漫無目的走上整夜也很棒。單純可愛，多愁善感。

得獎感言

每年的新年願望都有一個投文學獎，至少投一次當看看炮灰。這學期去旁聽郭強生老師的小說課，為了交期中作業寫了這個故事。寫完覺得那就去投投看，想不到第一次投就中了。噫！好了，我中了！感恩郭強生老師跟被我煩著讀我作品給我意見的朋朋們。

輓歌

1.

程遠的額頭溢滿了汗，沒有人喜歡在正午的豔陽下等待。他焦躁地又看一次手機，確認買家還沒到，這樣他就有時間從捷運出口走去巷口的便利商店買一瓶他最愛的麥茶。麥茶，對容易失眠又受不了酒精的他再適合不過，不過分甜膩，不造成身體負擔。他總用至少麥茶是天然植物製造不同於裝滿人工香精的手搖當藉口來減低喝含糖飲料的罪惡感。

剛從便利商店出來，還來不及扭開瓶蓋，他看見戴全罩安全帽穿著螢光擋風外套的男子就倚著橫停在店門口機車朝他招手。程遠反手拿下包包翻找，掏出一個比手掌稍大的暗褐色木盒。

「都在裡面了。你要的初版元素英雄套牌，跟動畫主角用的一張不差。都是我當時搜集的，不是後來的復刻版，也都有包好卡套沒有折損。你可以檢查卡況跟右下角的生產編號。」

男子打開木盒，迅速翻看完後打開車座把盒子小心翼翼地放了進去。

「我看了沒問題，現在轉給你。帶那麼多現金很麻煩的。」

2.

那麼多現金。剛回到房間在床沿坐下的程遠想到不禁無奈苦笑，那麼多現金也不過剛好夠付一場肝硬化切除手術。他瞄到床頭櫃上的相框，裡頭是高二卡牌研究社期末的合照，照片中他笑得燦爛，卻因不習慣被人群簇擁顯得僵硬。程遠當時是卡研社社長，是遊戲王連結起他所有重要的友誼，是傳奇的英雄套牌讓不擅交際的他成為各高中卡研社的風雲人物。「英雄」成了他的綽號。

突然響起的LINE通知聲把程遠拉回現實。定神一看，是母親來催促他趕緊去醫院繳費，讓她辦理出院。程遠長嘆了一口氣。

「好，那可不可以答應我，出院以後別再喝酒。」猶豫了片刻，程遠按下訊息送出，畫面馬上顯示了已讀。

「從小到大我有管過你什麼嗎？」媽媽說。

「你要讀文學、玩音樂的時候我有阻止你嗎？」程遠左手撐起額頭，祈禱手機的震動止息，可通知顯然沒有要間斷的意思。

「我跟你說畢業以後要嘛給房租要不搬出去，你說你工作還不穩定，這兩三年我也認了，但你憑什麼管到媽媽頭上？」

「對不起……。」他喃喃自語，即使他也不明白自己究竟在向誰道歉。

程遠打開窗戶，他覺得有點悶。可如果那時候媽媽沒有爭取他的監護權恐怕他連稱霸北區卡研社的機會都沒有。

3.

一切都是時間的問題。有時候能夠擁有的不過是恰好遇見。就像程遠之所以能稱霸卡研社是因為那時候英雄套牌得到幾個新販售的卡片補充包強化，當時的打牌環境還沒有更有力的組合，即使它遠沒有後來的「無限地獄」、「征龍」系列來得強大，套牌中的關鍵也還沒被列為禁卡，而這時間的缺口恰好就是程遠剛上高中到升高三那兩年。往後想起，他也暗自慶幸，他能以準備考試為由淡出卡研的圈子，而不是被後起的套牌在決鬥中擊敗。

他決定先下樓，買一杯麥茶轉換心情。路過大門口時他順手打開郵箱，今天只有一封信，是信用卡的催繳通知。才剛把信塞進外套口袋，口袋裡的手機又是一震。

是靜音才對啊。雖不情願，程遠還是點開螢幕查看通知。好在不是LINE的訊息，倒有封簡訊，說著因信用卡扣款失敗，將取消他影音剪輯軟體的訂閱。程遠繼續走向兩個街口外的便利商店，巷口的燈不知道什麼時候壞的，不規律地閃爍伴隨著滋滋作響，也許是光影的頻繁跳動，讓他感到一陣暈眩。

「真的沒有關係。」程遠邊走邊對自己說。

大學以後，他改加入熱音社。因為一次使用影音平台，點開了演算法推薦他的歌單，程遠意外迷上了搖滾樂。他的英雄不再存在於卡通跟卡牌裡，而是專輯的封面上。是Freddie Mercury、Kurt Cobain，是Jeff Buckley。他們每一個都才華洋溢且早逝。程遠搜集著他們的專輯、傳記、頭像T恤。幾年前《波西米亞狂想曲》上映時，一般電影場、樂迷會跟著片中演唱會一起高歌皇后樂團成名曲的搖滾場，他加起來整整去了十三次。在他眼中，不管他的英雄們吸毒、受到多少精神問題折磨，他們終究把苦難化成力量，不向世界屈服的力量，他們到底活成了自己。

那時，他想著也許站上舞台，唱出自己寫的音樂，他就能再次得到舞台、交到朋友。也像高中那樣不論成績好壞，只要有新出的卡片，總會有人跑來問他的看法，總會有人樂意聽自己說話。這次他想用音樂爭取目光，用旋律包裝他想說的話。

只是這次失靈了。他寫了歌、組了團，流連在地下樂團的專場、樂器行跟各校熱音社的交流活動想找到最合拍的夥伴，可是他的團員們似乎永遠有比音樂更重要的事。短短四年，換過五個吉他手、三個鍵盤手；一個出國、兩個說畢業了要先找工作、兩個去當兵、三個忙著考研究所。他替他們難過也替他們慶幸。難過的是，他們以後就要失去說話的舞台了，以後他們只能噤聲或說別人希望他們說的話；慶幸的是，至少他們能免去成為英雄所要承受的孤單和苦難。

到最後只剩下他靠在書櫃角落的貝斯未曾離開。他還是默默繼續編曲、作詞、混音，放上他只有二位數訂閱粉絲的影音頻道，這段日子現在也結束了。

4.

走進便利商店的程遠，沒有直接走向飲料區，而是逕自在窗邊的用餐區坐下。他還在暈眩。上次有這種感覺是超十年以前，因為一場決鬥，他才國三，那時他還不是英雄。同學對他的印象只有很喜歡玩遊戲王，可是其他也在玩的人都玩得沒他好，所以也不常去招惹他。

有一天下午，剛考完模擬考，班導師直接宣佈自習留在辦公室改考卷。其實導師本來是很常抓違禁品的，遊戲王跟手機都是最常被沒收的東西，但畢竟剛考完試，老師也難得睜一眼閉一隻眼。班上的小流氓不知道哪根筋不對，指名要跟程遠決鬥，卻犯了程遠玩牌一個忌諱：不跟用盜版卡的人決鬥。他覺得既然要成為決鬥者就應該堂堂正正，如果不能對卡片有基本的要求，對設計遊戲的人們展示尊重，而去使用普遍以劣質紙張印刷製成的卡片，那決鬥又有什意義。小流氓和其跟班們開始起哄，質問程遠瞧不起他。起先程遠壓著恐懼一遍遍解釋只是原則問題，如果換一副牌就沒關係。僵持不久，失去耐心的小流氓一把揪起程遠制服襯衫的衣領。

「喂！你們在幹什麼！教室沒大人是不是！風紀股長在哪裡？」正在走廊巡堂的生輔組組長經過他們班時聽到騷動，手倚著門朝教室裡面吼道。

那天兩人都被帶回生輔組直到放學，他們的牌也自然都進了組長辦公桌的抽屜。組長聽完原委後，要求兩人寫完悔過書後握手彼此道歉，想不到交出悔過書的程遠怎麼也不肯道歉。回家的路上，想著不知多久才能再見到他的英雄們，他感覺一陣暈眩。所以他的英雄們最後在組長的抽屜待到了三個月後畢業典禮結束。那天回家，媽媽沒有責怪他，只是比平常再輕柔地叮囑他，就算他是對的，世界並不像《遊戲王》的主角有英雄們守護，不是每件事情都適合決鬥，更多時候只能放寬心去珍惜我們擁有的，即使那些平淡平凡的。

「我們到底還擁有什麼呢？」程遠終於打破自離開生輔組後的沉默。

「我去買晚餐，你可以先找找冰箱裡有什麼點心。」媽媽說。

恰好是國三最後那段時間，程遠越來越少聽到父母的爭執聲，只是他也越來越少看到父親的身影，本來熱愛下廚的媽媽也不再下廚。相反地，媽媽清醒的時間越來越短，即使清醒，言語中卻總顯得不耐煩。剛才溫柔的語調完全出乎程遠的意料，那時的媽媽好不真實，更像是自他遙遠的童年穿越而來，照慣例他以為又要挨罵，說他給家裡添麻煩，說起要不是懷上他，她早就離開那個沒用的男人、她會像以前哪個同事當上高階主管這些老套故事。

程遠打開冰箱，原先存放冷藏食材的角落如今空蕩蕩的。好險，門後面的飲料夾層，除了塞滿的啤酒罐、威士忌玻璃瓶，角落卻還有一瓶麥茶。

5.

科技巨頭們正暗自監視全世界的陰謀論並不新鮮。總是可以聽到有人說自己剛和身邊的人在當面或訊息上聊起某個電子產品、某家新出的餐廳，然後一打開社群軟體就收到相關的廣告投放。

程遠從來不是陰謀論的信徒，只是當他邊走向飲料櫃，一邊漫不經心打開臉書想自原先的念頭抽離的時候，他還是心頭一震。因為動態牆的第一則貼文就是知名盜版軟體網站的廣告，底下連結的縮圖正是他原先訂閱影音剪輯軟體的破解買斷版。居然只要五百塊，不到他每月扣款的四分之一。

他在飲料櫃前停了下來，面無表情低頭望著掌中的螢幕整整一分鐘，然後又一分鐘。

接著，他點開連結，用自動填入的臉書帳號辦好了會員，放進購物車，用最後一張還有餘額的VISA卡完成扣款。

「其實也沒那麼難」程遠對自己說。

他將手機放回外套口袋，望著飲料櫃中那個他再熟悉不過、本該擺著麥茶的角落。空蕩蕩的。那是最下層的貨架，其他品項也都還有，除了最左邊的麥茶。其他品項，是也以麥作為原料的啤酒。

程遠感覺心跳漏了一拍。不知道過了多久，他俐落打開櫃子，順勢拿起中間的一手，彷彿他再熟悉不過。他華麗轉身，朝收銀台邁出最堅定的步伐，如同電影裡從爆炸畫面中走出的英雄，他亦仰起嘴角如同英雄，而英雄是不會回頭的。

佳作／王有庠
undercut

作者簡介

臺中人，二〇〇一年生。（這應該是整場比賽裡寫過最守規矩的文字）

得獎感言

首先感謝有點怪的自己，喜歡被評說噁心和變態，因為不必遮遮掩掩。感謝系上，讓我同時感到自由和侷限的樣貌。感謝嘉漢老師和看過這篇稿件的W，I，C，IF。這張照片是現代詩組的品嫺拍的。

undercut

人們都說沒什麼味道。所有人味理當最重的地方，全都異常乾淨，油脂蛋白質水分細菌交互作用兌換，是小蒼蘭、楠木、伯爵茶與小黃瓜。更別說醫院、殯儀館，人們一次又一次地將自己推進無色無味真空環境，還得假裝不在意。往往一邊回想才發現記憶被偷渡。

幸好在這裡不用爽身粉，沒洗頭就不要進來。里維是這麼說的。

「你小時候會這樣嗎？」我看見自己從斗篷裡面伸出雙手，手指伸進剛成形的頭髮層次。再更後面才是里維站著說話，一邊把毛巾包在頭上，雙手圈住剩下的長尾巴。

「假裝自己有長頭髮啊，要放兩邊、綁馬尾、盤上去都可以。」他一邊講一邊做出相應髮型，快速得讓美髮教育像場玩笑。以毛巾當長髮的偽裝，在小時候成立，戴上後就是選美皇后、唱跳歌星，浴室鏡前彩排三百遍但不上台，挺大牌。

「你現在不就是長髮？」

小時候到現在，已經十五年？他每每說起這段，我的後頸就開始陣痛。技術不長進，里維還是一根擦不出星火的火柴，比我高一個頭，瘦得快折斷。

「我說小時候。通常等我媽敲浴室門，再若無其事走出去。她如果看到會瘋掉。」里維拿起羽毛狀刀片，斜斜抵在我的耳後，一邊刮除細毛一邊說起顧客的壞話。他在同個地方已經刮了五六次，刮毛的嘶嘶聲已經消失，嘖，果然，又刮過頭，不知道是分心或是有意，他每兩個月就會抓緊機會在我的後頸留下小小傷痕。他急忙拿衛生紙沾在傷口上，嘗試把血吸出來，反正一週後就忘了、乾了。刮完我照慣例朝後頸摸一摸，好像我頂著把豬鬃刷。

里維釋放我勒緊的脖，我從白色斗篷裡伸出左手，剪頭髮不抽一根實在過於漫長。

「你不要在我幫你剪頭髮的時候抽菸。」

「我嘴巴在動而已，不關你的事啦。」

他將高腳椅唧唧唧地調低，我問他要做什麼，高度不是剛剛好？

「剪完啦。怕太高，跳下來你會摔死。」

所以後來每個客人都指定找里維。有人第一次在我手下，聽聞隔壁嬉笑聲轉過頭，我在心裡偷偷打他們好幾個巴掌，用手微調頭部方向：我們稍微看前面一點點喔。兩個男生開的髮廊不好做。結果多是他從早到晚忙不停，吃飯上廁所都奢侈。男士剪髮後，髮膠刺鼻味長久以來附在牆壁上，兩座皮質大椅不斷旋轉，調高再調低，頭髮型態各異紛紛落下。掃成一團又相互穿插，無分別。里維若來不及掃，側腳踢開即可，客人只會注意到鏡中，腳底下一律是過往的自己。他們都感染了整齊的習癖。

他掛上身的圍裙斑駁，繫帶也已露出內襯白底。事實上，店裡每件圍裙都經過剛開店那樣的盛況，剪完一個段落就把剪刀往口袋一放，數年下來口袋底部已經穿孔。里維雙手往上一抹，抄鏡子，左右讓我巡視。點頭確認後，他將我抽到一半的菸從菸灰缸拿起，我重新叼好，關店前半小時應該可以再抽掉半包。拉起鐵門之後，里維拿著鑰匙從二樓下來，鐵圈在他中指上轉，勒著硬皮和繭。

畢業後找到里維刊登的徵才啟事，他將自家老宅改造後想重新出發。我想也是，年輕設計師就算借貸應該也很難在蛋黃區落地，總之，機會多。往後也不看有其他人來應徵，兩人組合持續至今。我算幸運，在同學之中，聽說沒離開北部的，三人住一層，門口擺滿拖鞋，自家常常和隔壁門口混在一起。或是家庭式，通風、排水、採光都要考量，可能養植物比較容易。

「那就搬進來吧。」里維說一樓是店面，二樓挪作他用，三樓是住家。浴室的壁癌悉數攀上，粉綠牆面透出上一漆層，裡頭是粉，再裡面是白，最後是灰。畢竟在市區，維生不易。我如此告解。自己僅是父親的延伸，自己離家就是將他的觸手延長。

二樓挪作他用。門口是傳統木門，有些雕花已經被磨平，木材也不再光亮。推開，軸承沙啞，咿咿呀呀地推開序幕，房間還有得看。

「這間，是pâng-king。」我轉頭看里維，裡頭真的一點光也沒有。

「pâng-king，難不成我們兩個是在 khui pâng-king（開房間）？」我說。開燈，我第一次看到二樓，他的 pâng-king，整間房漆滿白色，角落放著幾顆假人頭。

「類似吧，開完就該忘。不知道什麼時候才能換間房。」

「khui——pâng——king，khui——pâng——king，khui——pâng——king……」我以囁嚅揣度著音調，中，中，高。為什麼用台語？

「那你為什麼講『房間』？」

窗外，人們疾行而過，從不同樓層看下，景象完全不同。那刻，人在風景中。一樓店面裝了大片落地窗，據說是里維剛開店時的主意。「一樣高層次？髮尾一樣要柔的？一萬多的剪刀剪你這顆免錢的。」我們剪著對方的頭髮，想著：我們的頭是招牌，剪爛了整間店也不用玩了。

「你要是再不幫我把頭上的角角修掉，我真的哪天拿鐵鎚敲掉那面玻璃。」

「你剪得很好，其他人也看不懂吧。上次拿鏡子在一個女生背後繞了好幾圈，我有個地方沒推乾淨，她下次還不是來了。」他用食指指節敲著今日預約名單。

「電腦螢幕不要這樣敲。」我索性進房間。里維不斷在一樓進進出出，第六次的關門聲後，我打算打電話。就算合作多年，我還是不習慣他製造的各種聲響。

電話遲遲打不通，那些人沒辦法準時赴約又不接電話，剪頭髮爽約頂多換另一顆頭，但房間的空位可遇不可求。再兩分鐘。里維從後面喊我，我聽著嘟嘟聲嘗試擠出一些話。他竟然因為自己不被理會，衝來抱著我。

父親在我著涼時也這樣抱著我，和里維一樣抱著我，一樣不說話。那時房裡放著時間錯亂的鐘，裡頭鑲著電池。他人手指停留在發燙腹部，觸感異常清晰。拇指、食指、中指、無名指、一秒、兩秒，我漏夜數著我能掌控的數量。電風扇呼呼地響，這時里維在我耳後說：

「還沒接通呢。」

「聽說新來的那對老夫婦住很遠？」我蹲下。奇怪，一，二，三，倒數第三個櫃子，在熟悉的位子竟然找不到那本資料夾。

「他們每次都準時到，應該還好吧。」里維望著窗外，畚箕與掃把在收店後寂寞地靠在門口。

「他們不可能因為 khui pâng-king 就每天專程跑這一趟，你已經看過他們的資料了？」

我從桌底抬頭望向他，他用手指點櫃子，一，二，三，拉開，抽屜高度剛好在我的鼻尖。他以觸感確認，拉出大本藍色資料夾。

「還沒，但老人退休就閒著沒事吧。」我按他大腿，示意他安靜，另一束車頭燈光掃進店內。每次都像在搜索，有一台車轉彎我便不安。里維倒是一點也不在乎。

我翻找每張活頁紙，這種基本資料還是紙本的好，每個人聚會時表現如何，有些人不再來往，有些人佔了數十張。近期人員都比較固定，手指大概估量一定厚度，翻開，取出。

終於等到其他人到來，有些騷動。

我夾著無人接聽的電話，走到李媽媽的位置坐下，轉頭看到老夫婦正在咬耳朵。唐尼剛盤腿坐在自己的一片地，里維拍上肩膀，依序鬆開指節，說道：「哥——又騎機車來，停在紅線底下警察會抓喔。」他每次哥都拖得很長，里維的長髮底下，兩鬢剃到接近頭皮白，卻還要兩指整理耳後。

「姐姐，可以坐靠近一點啊。」里維親暱呼喚老太太。

「我這罐放兩年了，密封得很好喔，我開給你們，可以試試看。」老太太倒是很識相。

「可能再烤乾一些會好點？」

「這感覺在飯後很適合當小零嘴。」

里維和他們坐成一圈，潔白的牆面，燈全開，像外部無法窺視的微波爐，他們不繞著中間轉，那樣太像邪教。一開始大家動用各種形容，酒香、堅果味、地下室、泥土？還是牛皮紙瓦斯霉味舊書報攤？後來眾人皆放棄，因為痂就應該是痂，應該是拿痂去形容其他事物，怎麼會是拿其他感官填充我們對痂的認知？這種複述會掩蓋事物。

我們不稱其為痂，也不稱「貨」，帶貨來帶貨去，巡察員警聽到可不能不繃緊神經，只好稱其「料」。所以每週開房間分享彼此的料，蒐集多少帶多少，各自有料理方式，不同來源。

每個禮拜開房間的時間不一定，總之扣除我們兩人的班表，預先排定空檔，其他通通可以拿來開房間。人來來去去，匿名群組名號「健康資訊一點通」，造假有利身心。朝頭貼那株幼苗一按，記事本下收五位，先搶先贏，以免向隅。

地理位置上，住對面的李媽媽離我們最近，總在接近散會時，一邊說著抱歉抱歉來晚了，卸下單邊小包包，純黑內搭褲上搭鵝黃絲質上衣。也還看得出臀腿仍在訓練。想必小孩在外蹦蹦跳跳一定傷痕累累，總之死不了。她愛遲到的個性有時惹人厭，記事本一發又第一個留言。

李媽媽第一次來也是我剪的，日系鮑伯頭，上長下短低層次，我已經打算好，減輕連接感，髮流蓬鬆顯臉小。她拿出手機相簿裡滿滿範例，每個側臉一樣沒表情，一樣的髮型。

唐尼，多頂著汗濕的鬢角，養著乾淨的長指甲。剛入場時盡量不說話，天知道他的好料都從哪來。據說他住兩個縣市以外，為了參加一次聚會要用掉兩次休假。一個拉一個，一個拉一個。那時唐尼第一次來，我記得一清二楚，畢竟要修及肩長髮的男客人也不多。拉起髮片，鐵梳和髮絲垂直，平口剪一剪，果斷而明快。雙手伸進長髮，鬆開，層次前短後長可以向後撥，露出全臉。最後我側身，滑剪，一定剪不乾淨，這樣才柔和。

他在櫃檯前小心翼翼地問，在瀏海剪齊，兩側推高見白之後，在結帳載具會員之後。幾個字他刻意說得那麼正，那麼硬，好像我們的軟刀刃忘在他的喉嚨裡。

第一次幫他理髮，替他將眼鏡摘掉，疊起鏡架，放在鏡緣小桌上。他頭幾次進房間的動作都一樣，他在摘掉眼鏡後，撓撓耳後，拇指和食指捏捏鼻樑。他坐下，以兩手指頭在雙膝間相互撞擊，像是鼓掌，但不使用掌心。

另外是那對老夫婦，一個高中弟。高中弟持續盯著李媽媽愛分享的手指，聽她從小孩身上偷偷撕起多少皮屑，新鮮的痂多還鮮甜，像魚肉嗎？每次送他們出門，每組相隔十五分鐘，李媽媽通常最後一個走。

「李媽媽，幼稚園的年紀，照顧起來真的不容易。」

「對呀，但也不能保護得太好。」

「受點傷也好。」

「對……不對，我在說什麼，我這樣好像在自首。當媽媽可以這樣嗎？」

「妳呀，李媽媽，就是把人照顧得太好了，再見！」里維插進來，拍拍她的肩膀，一邊推開玻璃門，懸掛的鈴鐺尚未響完就被里維按住，李媽媽獨唱的育兒經被迫卡歌。

「她手機桌面居然不是小孩照片欸，這種人。」里維回頭對我抬起眉毛，張大眼。

燈明明滅滅，要等十秒以上才會完全發光，里維放水，泡澡。父親也常這樣泡在浴缸裡，我站著看得到他折射後變形的下體。別誤會，我們可沒有任何不可告人的，我跟你說你不要跟別人說的祕辛，那種東西我保存不久。我卻在第一次和里維洗澡就全盤托出，我才意識到，有人刻意不讓你明白，是他在乎你。

我掐著手臂幾乎不敢抓緊，像肥皂一樣狡猾的觸感。滑走之後在你身上留下黏液，此刻我對自己的身體非常滿意，全身都如髮絲無神經，無差異，無分岔。事實上身體裡分岔的部位太多了，我發現這件事之後，思考骨頭怎麼不會插進肌肉，神經在皮質上怎麼不紊亂，我的身體只是剛好在鬆散與集中之間找到適合位置，都是剛好的事。鬆散比如封棺五十年後撿骨；集中比如車禍慘狀，身體只是在兩個極端之間取得平衡，一具身體就是一個平衡宇宙。

所以我有陣子習慣弄出傷口，結痂之後撕下，痂服下，底下的皮膚粉嫩，是我在弄上泡沫之後，最刺痛最美的部位。結痂不為復原，是為創傷，開出每個孔洞，原來身體是這種口感，原來能用口感來形容身體。

§

下午若無人上門（當然這非比尋常），里維常常不知道在桌前做些什麼，雙手抵著桌面撐起身體重量，好像遲到的客人總是會出現。他口中一定嚼著口香糖，用力咀嚼的聲音像在廁所打手槍，會磨破皮，其實很大聲的那種。我拉拉他一頭長髮，總是用頭髮綁頭髮，纏在一起，如後街老鼠窩。他看見客人頸後有好料，往往見獵心喜，推車拉來拉去，左右翻找羽毛刮刀。這種刀片輕薄，有節狀突起，經過皮膚便勾起所有細毛，無法傷人。通常無法。

顧客埋首時尚雜誌或手機螢幕，連我都在吹完手上的一頭大波浪亞麻綠才發現，他蹲低整個身子，慎重其事地朝頸後刮，採集後緊握手中，扔到推車上的小罐裡。冷金、藕粉、駝棕，從我指尖流過。

「他們是『恩客』。所以我們要磨練技術。」他會這麼說，也許交出身體的一部分比賣淫更淫，換也換不回的。畢竟這種交易，權力如此不對等，窗外的世界不這樣玩，里維卻樂此不疲。就在房間，我們的眼神不對望，但也沒有統一的方向。人人說出這個暗語就得確認推薦人，我和里維親自面試後加入群組。

每個人交出自己一週內所得，有些地方越常撕長得越快，豐饒的小田不需肥水。唐尼這週又帶了許多新鮮的料，老夫婦的新奇口味倒也有人讚賞。突然想到里維都是拿顧客的好處，當然裡面也包含我的一部份，偷偷刮，他人眼中積沙成塔的身體廢棄物。

「我家弟弟真的好常撞到喔，都不用特別蒐集，掉滿地欸。」李媽媽說。

「誇張。」里維整整頭髮，轉頭看向唐尼。

「我倒一點到衛生紙上，大家比較方便，來。」唐尼遞給高中弟時，我還有些不平，他今日又一無所獲地來，又來吃免錢。況且還是唐尼的好料。

「唐尼，你哪來那麼多料好拿，該不會你在葬儀社打工吧。」李媽媽用裝料的衛生紙擦嘴。

「都還帶一點血的鹹味，怎麼會是那種來源啦李媽媽，愛說笑。」里維有意無意看向老夫婦，意思是：他們的身體部位跟葬儀社盜來的差不了多少。老夫婦交頭接耳，兩人的長指甲汙濁又缺角。我在活頁紙上記下。

「弟弟，換你了。」里維走到高腳椅旁，拉高，像有氣無力的復健用具。高中弟解開頭兩顆鈕扣，純白襯衫翻開領子，帶一圈微黃的污漬。李媽媽剛從樓下拿了斗篷，圍上，唐尼替他繫緊了。里維將羽毛刮刀斜斜抵在高中弟耳後，刮。

「上次的這麼快就ＯＫ啦，會有點痛喔。下次自己帶料就不用這樣了。」

我站在一旁，覺得里維每次都有些假惺惺，高中弟早已習慣吧。儀式太過冗長就真的只是儀式了，我活頁紙上記下「會員獨享：底迪新鮮的料，里維親手操刀。」我把底迪塗掉，寫上弟弟，會那樣寫只是因為里維都這樣念，況且，我也不確定如實紀錄有沒有幫助。

我透過餘光，注意李媽媽右手扶正單邊包包，右手拿著她滿是亮粉和水鑽的手機，我走過去將它抽起，點開，相簿沒設密碼可以直接點進去。

「請妳配合。」我總是得做這種工作。畫面裡，應該是高中弟在白色斗篷裡扭動，唐尼拿下眼鏡，低頭在一旁徘徊。

李媽媽將斗篷卸下，小心翼翼，小心翼翼地將斗篷收攏，不能漏掉一點。

「李媽媽，我都收到罐子裡啦，不用找了。」

送客前，李媽媽又在玻璃門前停下：「不是我在說，但，你們真的不覺得那個男的，料的來源不太可信嗎？」

「我覺得妳沒有充分的證據。」

「李媽媽下次記得早點來喔。」

蓮蓬頭的每個小孔給出水，但周圍都是黴，也是出淤泥而不染，那我們就是濯清漣而不妖了。里維在浴缸裡蹲著，化學香氛很對他的胃口，浴缸底下的矽利康都發黃，因破舊換下的簾幕疊滿鐵架。

他說他一開始是對泡沫有種執著。

可能源自於小時候家人都買各色沐浴乳，薰衣草對應霧紫，玫瑰對粉紅，所以蘋果口味為什麼是透明的，他想不透。但這不是最重要的。應該說，根本沒差，他這樣自我安慰。不論顏色，抹在汗濕的胳臂、微凸肚腹、闊肩，最後都是白色，乾了又變透明。我常常看著他純白發泡的部位，水沖乾淨之後，黑色素沉澱的胯下、股間、腋下，我真希望，能夠一點一點看著那些部位結成痂，服下之後，浮出我們難得的表皮。我低頭抓起排水孔的長髮，在他面前晃了晃，扔進垃圾桶。

「那些身體掉下的小東西，怎麼一回頭又不屬於我了？」里維從浴缸起身，坐上馬桶。

「你的身體應該是為了讓自己舒適地待著。」

「你的鬍子才該修了。」

「鬍子如果長在胯下呢？」如果必要，我也可以把它修成眉毛的形狀。

我接著說：「上次李媽媽分享的方法很不錯，把料烘乾之後，磨粉，她說她會偷偷灑在每天給全家人的便當。」

「這種偷偷摸摸的事我還是不太認同。痂在風乾後跟灰塵沒有差別。」他一邊說一邊咚咚咚地下原子彈。

「身體不好，就別讓身體一直受傷吧，你一直從身體撕，看了就痛。地上的頂多搜集起來，消毒後沒問題的。」

「撕下來之後就要現吃。如果要產地到餐桌，也是成本，」

「這個月電費又貴了點，該開始跟老夫婦他們收環境維持費了，他們幾乎固定來。」里維盯著浴室明滅的燈。

「這樣他們更走不了，世界不該繞著幾個人轉。」

「你每天做的就是繞著幾個人賺啊。」

「不要帶開話題，你看，上次那個說會給新鮮的……。」

「那個唐尼？醫生欸？他帶來的料你敢用嗎？」

「唐尼不是才說他不是做那行的……。」

「他說他會做手術，不是這行的話是什麼手術？」他坐在馬桶上，頭也不回直狠狠盯著前方，屎味很驚人。他每日都在泡完澡才上馬桶，蹲著蹲著，等到我洗完澡他還在等。收垃圾會看到衛生紙上染著鮮紅的血，但我不多過問。他起身叫我讓開蓮蓬頭，從頭洗去昨天的自己。他的臉消瘦，常常有黑眼圈，「異食癖可能導致腸阻塞、寄生蟲病，病因可能是精神狀況或營養不良，」

「所以需要先理解病患異食的起因是什麼，可以先理解您的工作環境嗎？」

「什麼時候能換間房啊？你說。」他每次都拒絕跟我一起看診，坐在馬桶上，從來不正眼看我。盯著他前方駁蝕的牆，粉綠交雜、裡頭的白灰上浮。內層的灰就是最後一層？長日勞動後手長繭，後腰隱隱作痛，我將自己沒入浴缸。

肥皂對我來說沒有同等的吸引力，沒有痂吃起來徒勞。肥皂不會是選項之一，也許這種滿嘴泡泡的情感太虛偽？夏日雨季，人都因為過度浸泡而浮腫，漸漸發泡。痂看得到，吃起來卻很乾癟，有些拿起來還透光。我拿肥皂洗身體，還未沖水前，我分不出來皂鹼造成的滑溜跟油脂，還未沖水前，都不知道我到底用量夠了沒。會不會洗完發現滑溜溜的是依然骯髒的身體？我不是在談論洗臉洗手之類的「小清潔」，退更遠來說，洗碗夠遠夠日常了吧，就連我們在碗底發現沾黏米粒都會氣惱一陣子，請注意，我們現在談的是身體。

我跟父親的記憶都藏在水底，當我坐在浴缸邊緣，他模糊的下體和我的臉重疊在一起。

我會熱過敏，熱斑爬上胸口與肚腹；我消失如一面鏡沾染霧氣，被手抹開。

那天上床後，他一腿跨上我，我刻意放慢呼吸，他依然伴隨我的呼吸一上一下。同步之後彼此似乎沒有不同。手先行放在他的肚腹上，試探般玩弄肚臍，他的手指像充滿黏液的觸手，處處都能被吸盤包覆，怎麼玩都行。相比之下，我的手有關節，有筋有絡，彼此牽扯。

「我真羨慕你。」

「不要，我不要你這樣。」里維第一次說出這句話後，我又無法抑制地想吃痂。不是因為被拒絕，而是這一切多麼不合時宜。

他又叫我下去一樓。在半夜？「別問那麼多，你頭髮又長了。」

他一手撫弄我的髮絲，再次確認髮旋，就算手指已經不是第一次深陷其中。他的身影映在落地窗上，只有在夜晚的室內開燈，才能看見自己。不再有車燈掃過落地窗，僅有路燈照進街角和店內。里維屏氣凝神，把我當成失敗的雕塑，投入精神在一座注定變形的作品。夾起外層中長髮，電推卡上長度十三毫米的調節片，貼著我的顱骨前進，血管和肉被擠壓鬆開，這種身體接觸才是無可避免的。

尚未剪完，在雨夜，他蹲下張手，靜靜為我刮後頸細毛，開始有泡泡破掉的聲音冒出來，因為是專業人士，所以專做這樣違反程序的事。兩人身影浸沒在外來的光裡，潰散，變形。

「把內層掏空，外面蓋上來就好了。」

「你也懂undercut。」當天晚上整棟屋子漆黑一片，我和里維坐在窗邊，窗上映著流動的城市，和我們的映像重疊，變換焦距。

里維又在玩著毛巾充作長髮的遊戲。落地窗裡活像展示櫃，日光游移在座位之間。畚箕裡積著毛髮，但數量不多。開房間當天我們總不約而同少接點客人，寧願一整個下午沒人，也不要讓客人遇見唐尼他們。反正大家遲到是天性。

「您好，」我轉頭，是高中弟。

「稍等我一下，」放下顧客的滿頭髮捲，一邊遲疑他怎麼在這時間就出現。

「對不起，我能拿一些你們店裡的頭髮回去嗎，其實對於痂，我一直都還好，但是聽你們這邊剛好開理髮廳，所以，」

「你為什麼現在才講？」他要回應也被里維制止，他拉下頭頂毛巾，頭髮失去張力，流洩而下。

「就拿吧，」我翻出塑膠袋，給他裝一個月的量應該足夠。

「但以後別再來了。」

「沒關係我自己有帶袋子，謝謝。」他用長指甲，跟唐尼一樣的長指甲抓起成堆頭髮，搜集後裝進袋中，塞回翻蓋式的側背包，校名斗大。我翻找活頁紙，有幾頁太久沒翻，沾黏住了。以兩指搓開，好幾頁都是如此，搓開，皮膚之間捨不得離開。眼角餘光裡，李媽媽和唐尼一前一後進了房間。

「記得先開燈開冷氣。」我回頭，唐尼那頁怎麼也搓不開，跟下面那張黏住了。我回頭，看著他們在小梯上沒了身影。穿過木牆框限的走廊，他們倆熟悉環境，像一場的精密手術般抵達終點。李媽媽今天來得早（其實也就是小孩開始上安親班），攔住唐尼。

「還是有人死了？你跟我說，」李媽媽義正嚴辭，單邊包落在地上都沒注意到。

「你在幹嘛？說啊？你每次送過來的都是新鮮的，該不會有人專門當你的供應源吧？」

「妳，先小聲點，他們還要做生意。」唐尼摘掉眼鏡，此時鏡架在他手裡也是收攏的，變成揮舞的匕首，指著李媽媽，指著所有人。把痂摳掉，只能用刮刀輕輕削。

我請里維先將唐尼帶走，中止今天的房間，免得少了人，又被老夫婦問起。他用手排開里維的阻擋，眼神穿過死白燈光。

「你說我們在幹嘛啊？啊？一群完全不認識的人每個禮拜見面，這有什麼意義嗎？」

「等我啃妳一口，妳就知道了。」唐尼的聲音從門口傳來，牆面像過度清潔的口腔，咽喉蠕動引人探索。

我加速眾人的離開程序，離開，離開，我開始推擠眾人，下一秒的記憶便是關門過猛的玻璃，整面落地窗發出震動聲響。也許里維在我身後的玻璃門已經敲了許久，我卻無動於衷。我記得，感官會在房間的最深處等著自己，那裡有眾人，有父親，很久之後，會有一雙手決定門是否關上。

佳作／陳有志
挪威的森林

作者簡介

花蓮小孩。擁有阿美族、太魯閣族與外省「傾向」。二〇〇一年生，從花蓮高中來到師大念書，而又將從師大回到花蓮高中實習。曾獲台積電青年學生文學獎、後山文學年度新人獎、紅樓現代文學獎。著有詩集《北上南下》。

得獎感言

希望所有受到過去與自我禁錮的卡浪們都能和短髮的逸安喝上一杯甜甜的酒。我很歡喜，也很感謝。卡浪積極面對生命的姿勢（應是極度堅強的姿勢），居然有機會被大家（應是同樣堅強的大家）看見，甚至於引動思索，甚至於促成感動。儘管仍受到過去與自我的捉弄，但逸安其實也從未停止她的追逐。我很感謝，也很歡喜。希望大家都能快樂。

挪威的森林

I once had a girl,
Or should I say she once had me.
She showed me her room.
Isn't it good Norwegian wood?

The Beatles, "Norwegian Wood"

◎

廿九的殘月與黑色的大洋遠遠地相望，幾艘可愛的小船乘著漸漲的海波向崇德礫灘重新回到。浪們被接近白色的光帶聯織起來，接續柔和地破碎又重組，就和過去所有無雲的月夜一樣。三五位外地客帶著晚風走進了店裡，其中幾個正在討論海邊露營區的帳篷怎麼會有冷暖氣機，另外幾個則是在吧檯與卡浪確認線上預訂的證明。確認完了之後他們就一起坐到了靠窗的沙發區，招來一旁的工讀阿弟仔點了三五杯啤酒。

「一番搾，Asahi，還是雪山？」

卡浪問了問慢慢走向吧檯的阿弟仔。

「噢，他們沒說。」

「是你沒問吧！」

穿著靛藍色牛津襯衫的卡浪吐槽道。

「確實～」

「還確實——這是你們年輕族群的新口頭禪嗎？算了，都給他們Asahi吧。」

「是的卡浪哥！收到勒～」

在挑起一邊的濃眉還有自然的彈舌之後，皮膚黝黑的年輕德魯固就去到了單門的玻璃冰箱前，抽出四支瓶身為琥珀色的Asahi辛口啤酒，恭敬且整齊地擺放在吧檯桌上。

「你很愛誇張。」

用手機連接店內的音響，卡浪點放了他Youtube「最近聆聽清單」當中的第一首曲目，披頭四的“Norwegian Wood”。而當喬治．哈里森所彈奏的西塔琴聲響起，阿弟仔已用打火機將瓶蓋一一撬開，卡浪則從後方櫃上拿出了三五個圓錐品脫杯，將上寬下窄的玻璃杯傾斜四十五度，沿著杯壁緩緩地注入金色的酒液。

「這招就是傳說中的『杯壁下流』嗎？」

「嗯，聽說這樣最能將氣體保留在酒裡，喝起來就會比較辣，比較漲，也會比較想回家，我也就能比較早下班。」

「也可能會比較早吐，吐比較多，吐得比較無情，我打掃起來也比較累。」

「嗯，確實。」

輪廓尚深的卡浪，也很快就學會了這所謂「年輕人的口頭禪」。

「卡浪哥啊，你不想上班為何還要接預訂，應該說你國文老師當得好好的，幹嘛又要在鄉下開這家隨隨便便的店？」

阿弟仔一邊問，一邊也抓起了另支啤酒，開始他的杯壁下流。

「這裡最隨便的就是你好嗎，反正這間房子放著也是放著，好好裝潢起來，想看海的時候就來，想換個地方喝咖啡的時候就來，想找個地方喝酒的時候就來，有人預訂的時候如果我剛好也想來就讓他們來。事情就是這麼簡單。」

「是是~真是自由的哥，聽著自由的歌——有押韻欸。」

在只有兩分鐘的“Norwegian Wood”結束的時候，客人的啤酒也差不多倒好了。卡浪用雙掌圍起其中三杯拿到了靠窗的沙發區，阿弟仔則趁機對嘴乾掉了瓶底殘存的沁涼，乾完之後才拿著剩下的兩杯跟上了卡浪。

「請慢用。」

也有一半德魯固血統的卡浪帶著微笑送上酒品，而他們也相當友善地表示感謝。

「若想吐的話，請大聲底～～呼叫垃圾桶。」

狂野的阿弟仔刻意用長音放大了他的原民腔，並將客人們逗得開懷地笑了。卡浪覺得這傢伙肯定偷喝酒了，又也覺得這些外地客來到這裡，也許就是想碰到像阿弟仔這樣的人。

像他這樣道地且地道的原住民族族人。

「所以卡浪哥之前就知道自己今天會想來嗎？我記得這組客人是上禮拜就約好的。」

回到吧檯，阿弟仔向正在調整曲目順序的卡浪問。

現在店裡正播放的是老鷹樂團的"Hotel California"。每當卡浪覺得客人有點吵的時候就會放這首歌，雖然沒有什麼邏輯，但客人幾乎都會徹底安靜下來，甚至還會有人聽到默默哭泣，或開始深思歌詞的意涵到很晚很晚，晚到卡浪後悔讓他們安靜。

可今天的他還是放了，客人也真的安靜下來。雖然沒有什麼邏輯，而或許只是因為他很喜歡這首歌，而"Hotel California"也確實有著某種魔力。

「是啊，也不知道為什麼，就感覺今天應該要來。」

「是啊，所以我也不知道為什麼，就必須得過來。」

「欸我給你的薪水不少吧，而且你晚上在家也沒事幹，你這頹廢的大學生。」

「我是讀『族群關係與文化學系』欸，我家就是最好的研究地點吧。」

「哈！確實。」

卡浪漸漸能夠理解這個口頭禪為何會流行了。

當老鷹樂團的“Hotel California”播畢，五坪大的「塵上咖啡與酒館（請先預訂）」又相繼播過皇后樂團的“Bohemian Rhapsody”、披頭四的“Don't Let Me Down”、張宇的〈曲終人散〉、Uru的“Remember”還有Beast的“12:30”。安靜下來的客人們也找回了原本的吵鬧，沒有開始哭哭或是開始解析歌詞，而是熱烈地分享著工作上碰到的爛事、感情中碰到的爛人，或是任何黑色、壓抑的問題，渴望將全部煩惱傾瀉在這有著淡淡咖啡與書香的、多木頭建材的店裡。

「雖然很常這樣聽，但卡浪哥你的歌單真的有點給他豐富欸。」

在烈酒櫃前仔細思量今天要喝些什麼的阿弟仔說。今天他下身穿亮灰色的梭織短褲，上身穿正面寫著「Just do it」的黑色籃球T恤。露出的結實小臂和線條深刻的小腿，都顯示出他是一個熱愛運動的人。

「雖然這些歌都有類似的味道啦。」

皺著眉頭徘徊於伏特加與威士忌之間的阿弟仔又說。

「蛤，什麼味道？」

在吧檯桌上批改學生作文的卡浪則敷衍地回問。這次的題目是「季節的感思」，是某年大學考試的考題，一位同學正努力地在有限的篇幅中論證冬天是自殺的季，卡浪則十分後悔出這題來折磨自己。

「就是……慘的味道！」

思量了三分鐘左右之後，阿弟仔選擇了檸檬口味的絕對伏特加作基酒，接著又從冰箱拿了一罐雪碧預備作調配。冰塊、雪碧，和伏特加的比例抓一比二比三，舔了舔沾到手上的酒液，再接著苦勸卡浪一起來喝，則都顯示出他是一個徹頭徹尾的酒鬼。

「我今天不太想喝欸，感覺不太對。」

用紅色簽字筆打了個大大的「B」，再用稍顯飄逸的行書寫兩三行的評語，卡浪就將整疊的作文收進了資料夾。八成是覺得此刻並不太適合改作文，感覺不太對。

「不想喝？那哥你今天到底為何而來？」

往只剩冰塊的ROCKS杯裡重新注入伏特加，名副其實的酒鬼阿弟仔又向卡浪拋出了問題。

「就說不知道了，都只是感覺，感覺，感覺——。」

情緒異常高漲的卡浪，頓時就想起了作家瘂弦在年輕時寫過的一首詩：〈從感覺出發〉。那首詩談了性、談死、談自然談色彩，且談一切挑逗與衝擊感覺的刺激。老年之後的瘂弦不太喜歡自己的這首詩，認為感覺的背後應當要有思想，就連「意識流」背後也應當要有思想，否則就只是「意識亂流」罷了。然而卡浪卻非常鍾愛這首詩，可能是因為他還年輕，或者是因為他超不想變老。儘管他也歌頌思想，儘管他也苦苦追尋著雅典娜與她那輛有著三隻駿馬的戰車——。

這時，連通店內與店外的木造推拉門突然被緩緩地開啟，使即將子時的月夜與即將春分的晚風一同湧入了「塵上咖啡與酒館（請先預訂）」。而意外出現的她的側臉，則以比晚風和月夜更快更快的速度，擁抱了吧檯後邊的卡浪。

◎

「所以我說勒，山豬從來都是用來吃的，不是用來騎的！」

在送上加點的五杯「螺絲起子」之後，已喝掉三杯「雪碧伏特加」的阿弟仔也坐進了靠窗的沙發區，意氣風發地向客人倡議「山豬不是原住民的交通工具」這個重要的觀念。在略甜稍酸的口感之後微醺的外地客們，對於眼前這位熱情的德魯固非常欣賞，他們的年紀相當，應該都在二十出頭歲上下，但阿弟仔卻有著截然不同的氣質。說是猛烈似乎有些誇張，說是友善又好像有一點弱，而總之是像太陽那樣令人嚮往，可卻不容易灼傷他人或是自己。

「真是有趣的人類，好像你。」

左手食指捲繞著挑染茶棕色的瀏海，右手提起剛上桌的「檸檬沙瓦」小口淺嚐，隨著音樂輕輕擺動俐落及耳的髮尾，女人以她琉璃似的認真眼睛看向了卡浪。

「才不像，我沒那麼瘋。」

卡浪不假思索地回應，並往自己同樣裝著「檸檬沙瓦」的杯底多倒入了一Shot杯的伏特加，沒有攪拌就喝了一大口。

「沒那麼瘋，但還是像。」

「呃、嗯……確實。」

「確實——這是現在年輕族群的新口頭禪嗎？」

「是啊，還滿好用的。」

歌手滄桑卻平和的嗓音正瀰漫在充滿歡笑的店裡。歡笑全都來自靠窗的阿弟仔和今晚唯一一組的客人，吧檯的卡浪和女人還沒有笑過一次。

「Aimer的〈星屑ビーナス〉？」

「沒錯～第一張專輯的第九首歌，在她二十二歲時發行，比我們現在都小。」

「聽說這首歌的作曲人就是他後來的先生欸。」

「嘿啊，知道她要結婚的時候我超難過的，但又想說只要她幸福就好了，才女配才子，而且也認識那麼多年了，就放那男的一馬吧。」

「那他是不是要好好感謝你才對啊～」

「確實。」

「又確實——話說，你也是個才子呢。」

「我現在只想要裁紙，把這疊作文全都裁成碎片。」

卡浪拿起裝滿作文的資料夾在空中甩了甩，而女人也終於綻放了卡浪已多年未曾見過的美好微笑。

「你實現夢想了呢，心懷抱負的卡浪。」

「那妳呢，擁抱自由的逸安。」

「真正自由的人可不能有夢想哦，要不然就不自由了。」

「那妳這些年來快樂嗎？又為什麼會來到這裡呢？」

「快樂的話就不會來這裡了，來這裡就是為了尋找快樂哦。」

「所以是花蓮有快樂嗎？還是崇德？還是這家店？」

「你的問題還真多——。」

「誰叫妳是個充滿謎的女子，從十八歲遇見妳的時候就是這樣了。」

「那你覺得我的快樂到底在哪呢？」

「靠窗那邊確實滿快樂的啦，妳想加入他們嗎？」

「不～想。」

舉起結滿水珠的高球杯，冰塊哐啷並與新鮮的檸檬片漂浮在接近透明的酒液上層，卡浪和逸安碰了碰杯，接著同步將杯底的沙瓦一飲而盡。

檸檬的酸甜解消了伏特加的厚重，在口腔的冷冽之後燃燒的是酒精迅速穿梭的喉頭、腹部，接著短暫模糊了意識。只是簡單將檸檬汁、糖漿，還有伏特加與冰塊混合攪拌而已，沒有太多太複雜的設計與元素。這家店賣的酒品幾乎都是這樣，既簡單又快速（做得快、喝得快也醉得快），並且卡浪自己全都很是喜歡。

「你為什麼會開這家店呢？當老師應該很辛苦吧。」

沒有回答剛才的問題就算了，居然還拋新問題給我——卡浪在心裡默默碎念，可想到

「這才是逸安嘛！」而又淺淺地笑了。

「不辛苦的話就不會開這家店了，開這家店就是為了找到不辛苦的可能哦。」

「嘿，這算是抄襲嗎？」

「妳覺得呢？」

「哈！我還要喝別的。」

瞇著眼睛的逸安伸了個大大的懶腰，她上身穿了一件白色的寬鬆短袖，外罩一件褐色的針織背心，下身則是搭了一件灰色的中長裙，是微蓬的太空款式，整體來說挺休閒的可又不失典麗。畫有淡妝的她兩腮紅潤，眼影是淡粉的，重新睜大的雙眸還是那樣認真，也還是那樣有力地刺激著卡浪的感覺。

六年不見的兩人聊起了過去在臺北念書的日子，他們都是師範大學國文系的學生，同班同年級，都加修了文學與哲學學程，都喜歡咖啡和貓和村上春樹。但逸安不愛寫作，更不愛寫哲學論證，卡浪則出過詩集，並喜歡在一夜之間飆完六千字的論證。

「欸剛聊到村上春樹，就覺得應該要放那首歌。」

卡浪一邊說，一邊拿起手機搜尋某首歌曲。方才他又調好了兩杯被他命名為「粱樂多」的酒品，組成的元素就是五八高粱、養樂多，還有少許的冰塊，雖然聽起來很噁，但喝起來卻意外地和諧。高粱的嗆辣在養樂多甜甜的擁抱之後，自然就變得可愛且溫柔了起來，入口順暢地就像是在喝普通飲料，非常適合用來灌醉無知的三五好友。

逸安覺得很好很好喝。

「不會又是披頭四的"Norwegian Wood"吧——。」

迅速就喝掉半杯「粱樂多」的逸安苦笑著回應。大一修「文學批評」課程的時候她曾分析過那首歌與村上春樹《挪威的森林》之間的互文關係，來作為該課期中作業的專論主題，寫完之後才發現原來老師有指定書目（全都是華文作品），而被卡浪還有其他同學笑了半個學期。

「接近囉——『Norwegian』對了，但『Wood』不對。」

「噢，那就是伍佰的〈挪威的森林〉?"Norwegian Forest"?」

「賓果！」

在逸安答對的瞬間，〈挪威的森林〉極為洗腦的吉他前奏很快就從音響擴散到整間店裡。音箱中頻幾乎轉到底的厚重混濁，再加上尾音結實的破音效果，總是能夠引起聽者心中巨大的共鳴。正好又乾完一杯酒的阿弟仔，此時便開始在沙發區模仿起了伍佰的獨特唱腔。他學得非常像，卡浪認為這是因為他和伍佰一樣都不太會發捲舌的音，且他們的顫音都表現得相當「乾淨」。

「伍佰好像是在讀了村上春樹的《挪威的森林》後寫了這首歌。」

眼神逐漸朦朧的逸安解說道。

「完全無法想像他會讀那樣的書……但歌詞確實也對得起來，都是面向一個永遠神祕的女人，面向一個如披頭四"Norwegian Wood"中所提到的——無法被擁有的女人。」

小口酌著「粱樂多」，卡浪也覺得很好很好喝。

「也許女人也渴望能被誰給擁有，但卻沒有辦法。」

「妳感覺很懂哦，難道妳等等就要show me your room了？」

「哈！如果這樣的話，我就絕對不會讓卡浪你去睡浴缸。」

「那要睡哪？」

「你想睡哪？」

逸安調皮地斜看著卡浪。卡浪覺得她應該是喝太快了，因為過去的她從未這樣和自己說話。而卡浪覺得自己大概也喝太急了，因為他居然強烈地想伸手去觸摸逸安發燙的臉頰。

「我——。」

「我要再拿三支啤酒的啦!!!」

一個黝黑壯碩的軀體在不知不覺間就衝到了吧檯，並重重搭上了卡浪的肩。

「好臭，你可以自己去拿啊！」

卡浪「稍微」用力地向阿弟仔的腹部發起肘擊，而危機警報大響的他也立馬彈開，要不然高機率會把胃裡的酒和晚餐給吐出來。

「真壞心——哎呀，剛剛還說感覺不對所以不喝酒，結果逸安姊一來你就開喝了，我真是難過。」

語調就像唱曲一般誇張的阿弟仔用手掌摀住了雙眼，又接著從食指與中指的縫隙間偷看卡浪的反應。當逸安進到了店裡，卡浪就已向阿弟仔簡單介紹過她，而阿弟仔也非常識相地選擇「暫時撤離」，畢竟他從未看過卡浪的眼睛睜得如此之大。

其中必有「貓膩」——可能是來自獵人血液的直覺，或是來自對於眼前這位大哥的理解，阿弟仔真心覺得他們的關係並不一般。

「好啦乖，你今天喝的都算我的。」

卡浪聳了聳肩——雖然這小子每次都是喝免錢的。並又在心中偷偷抱怨。

「好欸！那我就不客氣囉～」

說完，阿弟仔就像隻黑色的大蛇溜向了單門的玻璃冰箱，一次抱出六支啤酒回到了靠窗的沙發區。

「呵呵呵，真的是個有趣的人類，也真的好像你。」

「我就說我沒那麼瘋了。」

「他應該很受歡迎吧，愛情友情。」

「從他高二算到現在，我知道的就有四個女朋友，五個男朋友。噢對，他是我在上一所學校教過的學生。」

「哇嗚，加起來大概也和你交過的女朋友一樣多吧。」

「沒可能啦，我沒那麼奔放。」

卡浪在自己與逸安的杯底各倒入了半shot杯的高粱。

「也沒那麼自由，也沒那麼專注在當下……。」

卡浪瞥了瞥沙發區，一位穿著黑色吊帶背心的年輕女孩正放鬆地偎在阿弟仔的懷裡，而他也自然地搭著女孩光滑的肩，並用拇指輕輕搓揉她小小的耳垂。

「你也想那樣嗎？」

順著卡浪的視線快速掃視過窗邊的逸安問道。

「不知道。」

「是不知道？不想承認？還是無法承認？」

「妳的問題還真多——。」

「誰叫你是個充滿謎的男子，從十八歲遇見你的時候就是這樣了～」

「哈！這算是抄襲嗎？」

「難道你還在想著她？想著『企鵝』？」

逸安茫茫地望著卡浪的眉頭緊鎖，就像是在無盡的大海中央撈針，但早就知道自己將什麼都撈不到。

「也許吧。」

並且誰也不知道這根針為何會被丟到海中，又這根針到底有什麼特別的，居然會讓人想在茫茫的大海中找尋。

「已經要第八年了呢，到下個月清明的時候。」

在最後一句的「只是心中枷鎖該如何才能解脫」唱完之後，伍佰的〈挪威的森林〉就只剩下接近一分半的吉他與爵士鼓演奏，而還是同樣的洗腦旋律，也還是同樣的厚重混濁加上尾音結實的破音效果，從音響擴散到整間的店裡。

「要不要出去走走？」

剛乾掉杯底剩下的「粱樂多」的卡浪提議。

「好啊。」

杯子早已見底的逸安也很快答應。

他們慢慢走到了近窗的門口，正好見到阿弟仔在和那年輕的女孩激烈地擁吻，同時也聽到了其他客人予以的響亮歡呼。

至於卡浪則是毫無預警地拉起了逸安的手，拉起了和她臉頰同樣發燙的手，接著便開門走進了子時的月夜與即將春分的晚風之中。

◎

「我好像沒問過你為什麼會叫『卡浪』。」

走在無路燈的鄉間小路，卡浪和逸安各用一隻手拿著手機打光，盡可能地照亮看似沒有終點的前途，另一隻手則是緊緊牽著對方，盡可能地不要在黑暗中失去彼此。

「好像沒什麼人問過欸。這個名字是我阿嬤取的，在德魯固族，也就是太魯閣族算是常見的男性名字，但在阿美族好像更加普遍。大學查了一些資料才發現『卡浪』在阿美族語中是『螃蟹』的意思，更有趣的是還有一則傳說故事的主角也叫『卡浪』。」

「是怎樣的傳說？」

「嗯……大多數的書都會將它定題為『巨人阿里嘎該』，簡單來說就是講述一名英雄如何運用自己的勇氣和智慧，帶領族人走出痛苦的命運，並使自己的族群文化得以持續存在的故事。」

「噢。」

「也可以說是在寫『怎樣才能不被巨人踩扁或虐待』的故事啦，而其中便包括了戰技的訓練、團隊精神的培養，另外還有一點點神靈信仰的色彩。」

「所以——。」

逸安停頓了一下，並小力捏了捏卡浪的掌心。

「你是為了效法英雄卡浪才會回到花蓮教書，也才會開始研究原住民傳統文化嗎？」

「哈！這就要取決於『巨人』在我的故事中到底代表什麼了。」

來到防風的樹叢稀疏處，他們開始能夠看到黑色的海波被月光切分成了好幾等分的不規則，也開始能夠聽見愈漸兇猛的濤聲。

「名字有這層意涵真好，就像在某處默默亮起清脆響音的風鈴，給予一人單純的提點與支持。」

逸安深情地望著遙遠的海，那裡大多是崇德外海的一部分，而或許也是某則傳說場景的一部分。

「這名字也可能沒有妳想像的那樣美好，就像在某處隱隱喚醒沉悶迴響的老鐘，給予一人複雜的障礙與否定。」

語調出奇平靜的卡浪看向了身邊逸安的側臉，覺得那裡有著被夜晚無限渲染的溫柔，是被悠遠的渴望與恆久的缺憾共同隔絕的美好的領域。

至於逸安也很快轉頭面向卡浪，並用心凝視他總是漂亮的眼睛，覺得那裡有著被夜晚反覆重疊的惆悵，是被漫長的追逐與古亙的詛咒共同建構的易碎的世界。

因為晦暗而遲鈍的目力，使二人的存在變得更加靠近，彷彿交旋在一小小且獨立的空間，惟可再容下太平洋對崇德礫灘侵襲的響音。位於立霧溪出海口左岸，經過風化和侵蝕的石礫長年在此堆積，後因陸地上升而成為地勢較高且表面平坦的台地，特色是緩緩向海傾斜還有無可阻遏的大風。向北望去那高聳疊嶂的是中央山脈，向南望去和緩親切的則是四八高地，此二者皆陷落於東部的太平洋，而合抱出卡浪的人生起點，同時也可能是他人生終點的家鄉花蓮。

「大學畢業之後我去到了幾個國家打工度假。」

又將視線轉往海上的逸安說道。

「我記得大學寒暑假的時候，妳也常去各個地方打工換宿。」

也轉頭望向同樣東方的卡浪如此回應。

「嗯，每次出發的動機都差不多。都像是在尋找什麼，也都像是在逃避什麼，而這個『什麼』也始終都是模糊不清的。」

「或許不是它模糊不清，而是我們不願承認它是真真切切的存在。」

「確實──。」

瀏海在風中飄浮的逸安，也學會了這所謂「年輕人的口頭禪」。

「當我在澳洲伯斯的粉紅湖，當我在紐西蘭南島的華拉里基海灘，當我在綠島的烏油窟，當我在金門的建功嶼，抑或是此刻我在花蓮的崇德台地──都持續懷抱著無名的不滿，儘管其間也收獲了許多的感動與省思，卻總是只會放大那些不滿，並吃力地肯定它『無名』的特性。」

「所以那樣的生活快樂嗎？跑來跑去，飛來飛去。」

「我不太清楚怎麼樣才算是快樂的，只知道如果在一個地方停了太久，我肯定會很不快樂。所以我也絕不可能如我媽要求的去當老師，況且我應該也考不上──哈！」

「那待在花蓮這麼久的我，是不是該跟妳一起離開呢？」

「難道現在的你不快樂嗎？」

「和妳一樣，我也不太清楚怎麼樣才算是快樂的，只知道如果我離開了，我肯定會很害怕。」

「害怕？」

逸安從不覺得卡浪是會害怕的人，就像她不覺得太陽會有熄滅的一天。時常保有著勇氣與智慧——她覺得卡浪根本就是「巨人阿里嘎該」故事裡的英雄，卻不知道英雄卡浪前後總共吞過多少場敗仗，卻不知道他曾多麼頻繁地在海岸的角落偷偷哭泣。

「妳有看到北方連綿的中央山脈嗎？過去我曾在日記中這樣寫到——『你是否能夠聽到祂正以自身最為絕對的尊嚴召喚著你，配搭總是無言卻最為親密的族群血液、祖靈的魅影，吩咐你與這片大地激烈地交合，叫你照顧或產下與你當初同樣小的孩子？』」

卡浪緊緊握住了逸安的手，似乎在說永遠都不要她再走了，也可能是在說自己一生都走不開了。

「『又是否……是否能夠見到那在同樣的山中死去的「企鵝」？我最親愛的戀人，你們最親密的好友。並記得她帶走了多少屬於我們的愛，一起害怕地迴盪在無數的亡靈之間，害怕地迴盪在幽暗的清水隧道裡？』」

他的語氣和緩，可臉面卻十分憔悴，就像洩漏了長年委屈在靈魂裡的悲戚，嘗試以詩化的語言描繪他苦悶的肇因。

「『我覺得它們都是一些真真切切的存在，就像是我的名字，總是有力地脈動在我的生命當中，同時我也不會逃避——。』」

夜還是同樣的夜，風也還是同樣的風，大洋也還是持續積極地拍打著這座島嶼。

面對眼前從未見過的卡浪，逸安毫無預警地將他冰冷的手掌舒展開來，並帶著他的手一起貼上了自己的臉頰，貼上了與自己的手一樣發燙的臉頰。

「那我應該會在你那天的日記後面寫——『這些真切的事物都只有你能夠見到、聽到，也只有你還會這樣嚴厲地要求自己去記憶。逃避的是我，勇敢的是你。儘管你似乎不太快樂，但這份勇敢還是必要的，必要的還包括屬於你的神祕，以及必須被那股神祕給覆蓋的你的祕密……。』」

「哈！真是溫暖過頭的回應，也許我們可以成為不錯的筆友哦。」

迅速就收斂了枯槁的神情。卡浪不知道是該感謝酒精讓他們能講那麼多的話，還是不該感謝酒精讓他們坦露這麼多的彼此。

「確實確實。」

繼卡浪之後，逸安也漸漸能夠理解這個口頭禪為何會流行了。

「現在想想，無論是披頭四的"Norwegian Wood"還是村上春樹的《挪威的森林》，甚至是伍佰的〈挪威的森林〉，其中的男人應該都是有機會擁有那女人的，只是他們都沒有足夠的勇氣。」

「很有可能。」

「又或許那些男人根本就不需要擁有那些女人，都只是『以為』自己需要罷了。」

「你感覺很懂哦，難道你等等就要點燃Norwegian wood了？」

「呵，如果是這樣的話，我應該會選擇熄滅手中的火焰然後留在原地。」

「留在原地幹嘛？」

「靜靜等待女人的再次出現啊。」

「這樣哦，那——。」

於午夜再次綻放美好笑容的逸安，終於緩緩地將自己的小手從卡浪的手背滑下。

「我就放心地走囉，心懷抱負的卡浪。」

蹭了蹭臉上逐漸溫暖的大手，最後的她也表現出了難得調皮的一面，挑染的茶棕色簌簌地提高又下落，淡粉的眼影勾勒出無語的輕婉。而笑眼自然就瞇成一線的卡浪，則以同樣緩慢的節奏將自己的手從逸安的臉頰收回，並刻意用長音放大了他的原民腔說道：

「走吧走吧，擁抱自由底～～逸安。」

◎

把全部改好的作文放進資料夾，接著將紅筆丟向倒在地上的阿弟仔之後，卡浪伸了個大大的懶腰。

「啊你是要睡到什麼時候？早八我學校有課哦，我可沒有清理這些穢物的打算。」半夜卡浪回來時客人們都已離開，整間五坪大的「塵上咖啡與酒館（請先預訂）」只留下了一個醉鬼還有滿地的嘔吐。

「明知道會變得這麼淒慘，幹嘛還喝得這麼豪邁呢。」

他用腳輕輕踢了踢阿弟仔的側腹。姑且還有些許的生命徵兆，但要清醒過來還需要很長一段時間。

用手機連接店內的音響，卡浪又點放了他YouTube「最近聆聽清單」當中的第一首曲目，披頭四的"Norwegian Wood"。而當喬治．哈里森所彈奏的西塔琴聲響起，手機的時鐘顯示此刻為「6：15」，並有一則來自行事曆的通知寫著「春天已經來到」。

卡浪開門，發現安靜的崇德台地已被徐徐上升的太陽逐漸烤紅，一些或淡或濃的雲霧則相互交錯、靠攏於天際。

「所以她的快樂到底在哪呢……。」

面對象徵希望的光明，卡浪在悠長的早風中喃喃自語。

此時春分的日出與初醒的大洋正緊緊地嵌在一塊兒，幾艘可愛的小船乘著舒緩的海波自崇德礫灘重新啟航。浪們被一條接近金色的光帶劃分成兩半，接續柔和地模糊又清晰，就和過去所有雲層舒捲的日出一樣。外地客們仍熟睡在有冷暖氣機的帳篷裡，阿弟仔也還睡在自己的嘔吐上，卡浪則在酒醒的冷顫中用力地呼吸，同時用力地將逸安最後的全部話語刻在已經滿是詛咒的他的心底。

佳作／彭思瑋
驚蟄

作者簡介

彭思瑋，新竹人。最喜歡的國家是挪威。二〇二三年六月即將從臺師大國文系畢業、成為實習老師。最近的生活體悟是：教書好難，但是很有趣。希望能一直記得這份有趣。

得獎感言

第一篇小說與第一個文學獎，在大五下。我亦如驚蟄，於春雷中笨拙地走向眼前的混沌、未知與驚喜。

驚蟄

直到外公在二樓的樓梯口被一個從房間擠出、早已鏽蝕的鐵籃子絆倒，從樓梯一路滾下來，小腿骨、手掌粉碎性骨折後，家族這才意識從房間到二樓的倉庫早已是無止盡的囤積。

*

「這些紙箱應該可以丟了吧，都發霉了。」我拎著從櫃子跌出的幾個早已被壓到變形的箱子向母親問道。從箱子上的噴漆大概看得出是一些先前裝過水果、電器用品包裝、又或是零食外裝盒，不過除了沾滿灰塵外，紙箱邊緣都已被悶藏在櫥櫃多年的水氣蒸得濕潤，只要輕輕一撕，鬆垮的外皮就會隨著紙板波浪內層脫落，一顆一顆黑色菌絨像上了年紀後失控的老人斑在淺棕色紙板上散布，伴隨著一些不明生物的排泄漬，留下入侵的示威。

「丟掉吧，妳外公整天撿垃圾回家。」母親語帶無奈，轉頭從另一個置物架拉出一坨塑膠繩綑住的塑膠袋丟到地上，兩三隻蟑螂在摩擦聲中竄出，鑽進櫃子尚未清理的深處。

「牆角的那袋還在誒，我上次好不容易綁起來，結果外公居然不讓我丟，說他之後會自己整理，現在還堆在那邊。」我看到角落的塑膠袋，是上一次回來時將一些根本就沒有人需要的舊玩具、沾滿灰塵的殘破資料夾及一些發霉的抹布包起來準備丟掉，被外公偷偷把整袋拿到二樓來，成了讓他摔倒的幫兇之一。

母親嘆了口氣，不過我們都知道現在不是抱怨的時候，這次回老家的任務是趁著外公還在醫院靜養，將多年來他從外頭撿來、任由他們堆積成垃圾山整理清除。

*

外公小時候家境不錯，家族在新竹苗栗一帶有好幾塊田，雖然不是大富大貴，但也足夠在臺灣三、四零年代時自給自足，每個月還有一些零頭可以享受生活，是可以負擔家中孩子升學的經濟狀態。

然而雖然身為家中長男，外公卻不打算運用家裡資源繼續念書。當兄弟們都努力升學、擠上名額稀少名額時，外公不顧家族勸阻，以叛逆之姿休了學出來做生意，滿心以為自己可以在臺灣錢淹腳目的年代飛黃騰達，結果卻因為營運不良、決策錯誤而生意失敗，薪資積欠及機台、租金成本讓他幾乎破產。

據說早在狀況不太對的時候就有人勸他收手。外公認為只是一時的顛簸，不時說著「再等一下，以後就會好起來了」之類的話，持續的等待、觀望，直到追債的一路找回老家，家族才得知這件事，還是賣了代代相傳的一些田，才好不容易還了大部分的債，這才免於破產的危機。儘管長男如此不成器的丟盡臉面，俗話說：「手骨拗入沒拗出。」長輩告誡之語難免少不了，但事情處理完也就算了，在嫁娶之前還是讓他住在新竹的老家，供他吃住。

失業後經歷幾番投遞履歷，外公進了客運公司，成了全省跑透透的司機。有時照班表跑市區客運，有時接送觀光團，缺點是一趟出去就是跑四五天，但老老實實的工作賺錢，生活也還算過得去。幾年間接待觀光客的經驗，讓他除了原本就能講的一口台語跟國語外，也逐漸能用流利的客語跟顧客閒話家常，甚至也略通廣東話，使得公司在觀光客間口碑慢慢傳開，在載送客人也兼顧守時與安全的駕駛下，他在公司頗受器重，休假與駕駛排班規劃上總有好處，幾年間的安份工作後，雖然也沒有說變得多有錢，但也開始考慮結婚這檔事。

再三請託下，透過介紹認識了廖家在公家機關當職員的小女兒。雖然先前有投資失敗的經驗，對方看了看外公的家庭背景，還是答應讓雙方見見面。也許是服務業養成的交際能力，又或許本來就長得不差，兩人才確定交往關係一個多月便決定結婚，跌破了眾人的眼鏡，女方家人勸新娘再想想，男方家人雖然備感欣慰，但也訝異長男如此迅速便決定終身大事。

無論如何，這個婚就這麼結了，十年間也生了三個小孩，夫妻可謂逐漸站穩人生腳步。

有一陣子，外公出團時不再像往常一樣會打電話回家，往年雖然夫妻間在電話聊的也只是幾句關心的話，早期維繫感情的方式就在纏繞的電話線中傳遞。妻子，也就是我該稱呼為外婆的人，雖然心裡覺得奇怪，但想說應該是工作太累而忘了，沒有多想。只是次數多了，消息難免走漏風聲，一日外公被某個街坊鄰居看到帶著一個女人進了旅館，鄰居趕緊跟外婆說了。

敷衍的回應、減少的報備、拉長的出團天數，一下子全部線索都兜了起來。外婆又急又怒，隨手抓起灶上的菜刀，氣沖沖地往旅館的方向走去，向櫃檯威逼下問了房號，上樓後對著房門就是一陣猛拍。

「我知道你在裡面，給我出來！出來！」

門最後還真的是被外婆撞開了，外公從二樓窗戶往下跳，僅受一點輕傷的逃走了，留下房內的新對象與外婆兩人相顧無言。一問之下，女人是客運公司的車掌小姐，那個年代在車上幫忙收車票、吹哨、指引司機停車。

相比外公逃離現場，女人倒是很坦然的交代了兩人的事情，身分年齡時間地點，說完起身走了出去，留下外婆留在房中愣愣出神。

過了幾天的早晨，外公終於回家了。外婆不意外的要他做出一個選擇，外公卻遲遲不肯給一個明確的答案，惹得外婆氣得隨手拿起手邊的東西摔在地上。而外公一看情況失控，拿了車鑰匙走出家門，打算先離開再說。

偌大的院子有一處是雞舍，「你有膽走就最好不要回來！」聲音比人先到，驚得雞群一陣喧鬧，拍翅推擠激起黃沙陣陣，結髮妻踩著臨時在門口套上的鞋子從後頭追了出來，眼見丈夫插上鑰匙，正要發動車子，心裡實在氣不過十幾年來一起打拚，卻換來這樣的結果。

「你怎麼能這樣對我！去外面找女人！你要我跟孩子怎麼辦？」好幾天的憤怒、委屈、傷心一下子湧了上來，眼見丈夫已經發動車子，她脫下腳上的平底鞋，對著車窗一陣猛敲，眼角捏著眼淚，突然發現自己似乎從沒看清過眼前隔著車窗的男人。

心既然抓不住丈夫，鞋子也只刮著背影的塵土。回應她的，只是離去的車尾，以及她瞥見丈夫緊皺著眉頭，像是錯的人才是她似的。

這個婚姻後來還是離了，外婆帶著母親的兩個弟妹離去，男方家族為了賠禮還賣了幾塊地，給她在竹南買了一棟房；外公娶了新的妻子，升國二的母親則跟外公及後母住，她稱對方為阿姨。

有人說，婚禮是一生幸福的見證，外公見證了兩次幸福後，卻像是硬要湊個「三生有幸」般，幾年後又與出團認識的旅客起了曖昧之情，對方小他十幾歲，是個理髮師。如果只是起了情愫就算了，帶回家時女方卻已有孕在身，惹得許家又是一連串的爭吵、哭鬧。「爸，你到底在想什麼？」母親作為長女、也受後母拜託，跟外公進行了好幾段閉門長談，但畢竟是關乎到一條生命的事，家族實在是無可奈何，只好又變賣了僅剩不多的土地，給第二任妻子在桃園龍潭一帶買了一間透天，外公則又再次見證了一次幸福。

母親從小一路目睹了所有事情，說起這段往事時，聲音裡沒有什麼的情緒，表情也沒有太大的變化，即便外公在母親上大學後幾乎不聞不問，母親的生活費全是靠自己拚命打工、當家教，偶爾真的沒辦法時，趕緊跟朋友借錢、打電話回曾祖父家求救。外公作為一個如此不稱職的父親，我總是不明白母親為何能不帶怨恨，仍舊每兩個禮拜便回老家看看外公，是子女中最常回去的。「妳愛他嗎？」有時坐在回程的副駕上我想詢問母親，但看到她面無表情說著往事的樣子，又硬生生的將話語吞了回去。

總之，又過了好多年，外婆與母親稱呼的第二個阿姨相繼因病去世，幸好外公終於沒有再有其他風流韻事了，白天沒什麼事就待在家裡，只是隨著年紀越大，越常在午後獨自走出家門，直到傍晚時分才回來，偶爾帶著幾樣別人聯絡環保局清除的家電家具回來，母親及其他兒女見他總是平安回家，就也不太過問什麼。

像是覺得家裡缺了什麼一樣，不知不覺間，外公從外面撿回各式各樣的東西。從斑駁的電鍋、電線裸露的熱水壺、鏽蝕的衣架、發出陣陣酸味的安全帽這類生活雜物，到不知道哪裡的過期濾心、空的瓶瓶罐罐，漏氣的舊籃球，以及一大疊幾年前的報紙這類基本上可說是垃圾的東西。

母親開始在熟悉的角落發現新的雜物，一樓四四方方的房間堆著放著，在那些不規則的縫隙中塞進更多不知從何而來的舊物，蔓延到二樓的小廳、二樓的房間或是樓梯口，本來就已經不大的空間被各種舊物擠壓的更是窄仄。它們逐漸堆砌成一坨蛹狀物，舊的被新的吞噬，新的又被更新的結網，已經分不清到底哪些是真的會用到、哪些是外公隨興致撿回來的。

增生物儼如一串倚牆而生的泡泡，重心不均，移動任何一處都可能造成崩塌。蛹狀物就這樣不斷膨脹，從倚牆而生，變成了一推開門就要包覆人的殼，毛蟲經蛻化後孵化成蝶，這蛹卻像是要堵住老家所有出口般不斷繁殖攀爬，幼蟲且死且生，各處煙塵與溼氣拖曳。

「怎麼又有一大堆垃圾？上次不是才包起來清掉好幾袋嗎？」母親從二樓樓梯口往下喊著。

「以後可能需要用到，哪是垃圾，先放在二樓。」外公應聲。

「你不要再從外面撿東西回來了，一樓客廳那些也是，撿回來到最後還不是只會堆在那邊不管。」

外公不再說話，只是默默又走出家門。「喀」一聲，掉漆的門鎖只扭了一半，像不合適的拼圖硬是擠出縫隙。

*

外公雖然從外面撿過各式各樣的東西，唯獨沒有撿過茶壺。

「老茶就是要用紫砂壺泡才好喝，才能把香味都鎖在壺裡面。上次買了十幾年老茶，海拔一千兩百公尺的茶葉，妳喝喝看。」

外公有一組最鍾愛的紫砂壺茶具，他說使用越久的茶壺，壺內堆積的茶鏽使茶湯會越來越醇郁。每天早上到下午，他都用這組茶具泡烏龍老茶，先將溫水倒入壺裡，等個十秒後將水倒掉。接著從茶几底下拿出一包茶葉，袋子上殘留著真空包裝留下的皺紋，一點一點的倒出那些經高溫烘過而蜷曲身子的茶葉。

外公將茶葉置於竹製的茶則中，一下一下的把茶葉推入壺底鋪平，再用剛燒開的熱水沖起一天的茶香，懸空的手不見顫抖，帶著某種節奏圈繞壺口。

整個動作都是緩慢的，掉漆的老舊窗框篩過陰天的日光，在小客廳的圓形茶几為中心漫開，從房間溢出的大小舊物躺在四周，外公身上是常穿的暗紅格子襯衫與深藍色長褲，腳下的涼鞋卻突兀的露出腳趾頭，深色的身影彷彿是在暗室中上演的一卷過期又曝光過度的底片電影，我是二輪電影院中披著陰影的路人。

「如何？有沒有聞到軟枝那種特別的香味？」外公一臉期待的問。母親不喝茶，所以每次回老家，我是唯一會與外公一起喝茶的人。

「喔，好像有吧。」杯中淡黃色的液體據說是烏龍中的王者，我聞了許久，腦袋中的詞卻只跳出「茶味」的形容，眨了眨眼睛後說道。

「這個發酵度滿高的，覺得怎麼樣？我第一次喝這個是在當客運司機的時候，客人推薦給我的，我就買了一小包回家泡，第一次喝就覺得很不錯。」他不死心的再問了一次，拿起茶杯淺淺的喝了一口，露出一臉陶醉的表情。

「很香阿，跟上次那個不一樣，比較香。」我淺淺的喝了一口，是真的很香，但我也不知道到底是什麼香，隨口敷衍過去。黃色液體在杯底的一圈茶漬上頭浮沉。

「十幾年老茶算滿常見的，妳知道老茶不好買嗎？能保存那麼久不容易，我找了好久，這次的喝起來有一種桂花香，又有兩到三段味道……。」

他總是說烏龍喝起來要有蘭花或桂花香，金萱必須要有牛奶香，好的翠玉則應該要有野薑花香。但無論是青心烏龍還是鐵觀音，關於發酵、萎凋、殺菁的長度差異巧思，如同不懂那些日漸增多的雜物的意義，我不懂如何聞出什麼花香果香，聽著聽著開始恍神，隨口敷衍幾句過去，外公見了通常也不會說什麼，只是繼續在紫砂壺中倒入熱水，繼續下一次沖泡。

有時候也會買到不良的茶葉，或是買回家後卻因為太潮濕而放到壞了。「半年前買的鐵觀音發霉了，忘記那個櫃子裡的溼氣太重了。」外公望著茶葉包看了一陣子，才捨不得的把開口捲起，放回包裝罐裡，隨手放進藤椅旁的矮櫥櫃，再伸手進櫥櫃深處掏摸，幾條蜘蛛絲隨著灰塵在手邊飄了下來。

「外公，怎麼不丟掉？你不是說茶葉壞了？」我問。

「喔……先放著，之後再說。」

「可是茶葉都發霉了，放著只會更嚴重吧？」

「沒關係沒關係，我之後再看要怎麼辦。我先拿，有沒有其他茶葉……。」

外公的聲音越來越模糊，他低著頭，隨手又拿出了兩三罐茶葉，抹了抹蓋子上的灰塵，一罐一罐打開來檢查。我在一旁忍不住打了兩個大噴嚏。

*

趁著外公因跌傷住院，我跟母親合力清掉幾乎百分之九十七的雜物。丟掉了近兩台小貨車的垃圾後，老家的形狀突然立體了起來，取而代之的是柱子的方正稜角、牆壁上的刮痕，房間到樓梯口走幾步轉彎開始變得可以計算，腳下也不再有異物需要避開。我站在二樓房間門口環顧四周，舊的木頭衣櫃拉門半掩，裡頭塞了幾條舊毛毯，一旁矮櫃上還有一台舊式的箱型電視，牆上有幾筆童稚的塗鴉，應該出自孩童之手；衣櫃旁與地板的夾角結了一些蜘蛛網，角落的木板長年被重物壓壞，現在露出翹起的一角。曖昧不明的需要與不需要消失了，一直以來不斷在空氣中增厚的纏繞的似乎慢慢在解開，時間開始在這個小空間流動，我們打開窗戶，讓傍晚的光線隨隨著晚風吹進二樓的小客廳及房間，希望能攪開還殘存的那點舊物溼氣。

「阿，這是我五六歲時在牆上畫的。」母親摸著二樓客房的一面牆說，在腰間高度左右的一處牆壁有幾個圓圈、幾條線組成幾個人影與頭髮，臉上是大大的笑臉，經過歲月與灰塵侵蝕交疊，仍然可以看出是一幅全家福，雖然歪歪斜斜，人物的臉上是大大的笑臉。

「這是妳外公、妳外婆、我、妳阿姨跟妳舅舅，小時候妳外公有時候因為工作連續幾天不在家，我想他的時候就會畫畫。」母親邊回憶邊說。「妳看這邊上面有一條一條橫線，我們小時候都用這面牆壁量身高。妳外公下班回來看到我們又長高了總是很開心。」

「妳覺得他愛你們嗎？」我忍不住問道。

「可能，以前曾經需要我們吧，曾經需要。」母親想了一下，聳聳肩。

「後來就不需要了嗎？」

「大概是不知道要怎麼辦吧。」

「那這個也是妳畫的嗎？」母親湊了過來，我指著牆上另一處的九宮格連線遊戲問道。三個圈連成一線，九宮格外還包上房子的外框，上頭依稀可見還畫了煙囪。

「我忘記了耶，太久了，也有可能是二姨的小孩弄的，之前這些全都被撿來的垃圾擋住，現在我也不太記得。總之終於整理完了，晚點垃圾車來把東西拿去丟一丟，到底哪裡撿來那麼多東西。」母親一手拉起領口搧著，另一隻手在空氣中揮了揮，走出房間下樓去了。我站在本來只容得下兩隻腳的房間中心，感覺蝴蝶已破繭而出，在血肉經歷無數重組之後。

隔天，我們到醫院探望外公，還帶了一罐保溫瓶，裡頭裝了用茶包泡的熱茶，一條棉繩從蓋子與瓶身的縫隙露出。他靠著醫院的大枕頭坐在床上，頭髮在房間燈光下更顯疏白，身後是全白的枕頭、全白的牆壁，臉上鬆垮肌肉在光線下橫列，腳跟手都包著幾層紗布，如同蠶在上頭結了蛹。在聽到開門聲後，他雙眼的對焦彷彿從遠方重新慢慢聚攏般，頭轉了過來，沒有說話，只是靜靜等我們開口。

「爸，你休息得怎麼樣？」母親快步走向病床，順手整理了一下被子跟一旁小桌子上散亂的幾張收據，拿起來端詳著。

「現在不太痛，石膏的地方緊緊脹脹而已，醫生說沒問題就可以出院了。」外公稍微轉動一下手給我們看，示意可以摸摸看他手上的石膏，我走上前好奇的輕輕碰了幾下，一旁母親嘴裡還在念念有詞。「早叫你不要到處撿東西回來，你也不想想你這個年紀不能跌，還好沒撞到頭，你知道很多老人家就是在浴室跌倒撞到頭就走掉的嗎？」

她像閒不下來似的，一下拉拉床套，一下撥撥窗簾，一下確認外公腳上跟手上的石膏，窗外是陰天，一點日光順著簾子落進房中，拉扯地上淡淡的人影，石膏在地上更像是坨巨大的蟲。後來她走出病床間，說先去找護理師或醫師聊聊，臨走前叫我留在病房裡看著外公，「我們等一下還要回老家一趟，把東西收完。」從母親進來後到走出去，外公沒有說太多句話，我看著外公，突然有一種，很久沒有看到外公處在這麼整潔的背景的感覺。

「我跟媽媽把家裡整理乾淨了，以後會比較好走，不過你還是要小心一點，尤其在下樓的時候。」我在一旁的椅子上坐了下來，將保溫瓶遞給外公，他將蓋子旋開，聞了一下味道後，倒在一旁的杯子中，是深褐色的花果茶。

「意思是你們全部都丟掉了對吧？」

「那兩罐發霉的鐵觀音跟清心丟掉了，還有一些真的壞掉或用不到的。還是有留幾樣下來，幫你收在籐椅旁的櫃子了。」我說，戳了戳外公手臂上的石膏。「外公，等你手好了再泡新的茶給我喝吧。」

外公沉默了一陣，「好，一次趕快丟掉也好，謝謝你們幫我整理了。」他停頓了一下，看了我一眼。「妳不是都聞不太出來是哪些香味嗎？」外公第一次露出有點遺憾的表情。

「真的分不太出來耶，不過很香。」我點點頭承認，仰起頭看著天花板的白熾燈管。

「老茶就是要放越久越好喝。」他緩緩地靠上背後的枕頭，閉上眼說。

「我知道。」

「茶葉要保存那麼久、那麼好不容易，而且要用紫砂壺泡才好喝。」

「我知道，外公，你泡的茶很好喝。」

這時母親走了進來，「爸，醫生說可以醫院靜養幾天，追蹤一下復原的狀況。我還順便幫你安排一些檢查要做。你怎麼從去年開始又沒來健康檢查了，我不是提醒你很多次了嗎……。」她揚了揚手上的收據與藥袋。

外公沒有等母親說完，只說了一句：「我想要回家，」原本靠著枕頭的雙臂在施力下打直，想把自己撐離床上，「回家，才可以好好休息。」沒包著紗布的腳在床沿踢了幾下，就是沒勾著被母親整齊擺在地上的拖鞋，只把母親方才拉好的被子又攪得亂成一團。

「爸，你不要又這樣，」母親眉頭皺著，一邊半扶半推的想把外公留在床上，一邊說：「你先好好養身體，家裡的事我會處理好，該丟的我會幫你丟。」雙手再次將被子覆上的四肢。然而外公這次接上母親的話，「整理好了，就回家了，我想回家了。」一字一字，像經過深思後才正經擺上行的詩句。

外公好不容易穿上鞋，母親趕緊幫他披上外套，攙著他回頭對我說：「你幫外公把東西收一收，我等等去跟櫃檯處理。」我隨口應了聲，在後頭望著外公往門口走去，一步步，像醒後的生命推開純白的阻礙，再輕輕自行帶上門，這次的鎖片精巧的對上了，發出輕脆的「喀」一聲。

舞臺劇劇本

首獎
陳姿卉
開到荼蘼

評審獎
夏琳
來自遠方

佳作
張曉逸
寂寞狂想舞

舞臺劇劇本　總評摘要

汪兆謙老師

汪兆謙老師認為這個文學獎的徵獎限制給了一個適合的框架，讓創作者能夠去務實地表現。對於剛開始練習的同學來說，短尺寸的範圍是比較能夠實作的。老師可以看到某些寫作者受到文學院裡現代文學訓練，或者是受到小劇場的創作風格影響，創作軌跡和平時閱讀、劇場實務經驗都息息相關。

某些篇章使用的技巧也使老師印象深刻，例如《開到荼蘼》裡時間的設計，即是具有力量的。老師最想看到劇本是否有明確的主題，第二則是此主題執行的情況如何，最後拉到當代，這樣的執行意義為何？劇作家有無提供足夠的行動讓敘事延續？例如，劇作家如何書寫角色面臨事件後糾結地做決定，並且在敘事當中一步一步鋪展細節，進而轉化傳遞給觀眾。

蔡柏璋老師

蔡柏璋老師認為比賽規範能避免一開始創作時的漫無目的，在這樣的篇幅裡，本屆同學普遍掌握得還不錯。短篇對於同學們是有挑戰性的，要如何在短篇幅裡面形成完整的flow，而非成為長篇作品的片段，反而更加困難。老師特別指出，某些投稿作品像是長篇作品的某個篇章，讀到最後讓人想知道後續發展，可惜還未觸及深層議題時就終止了。

老師提醒寫劇本創作沒有絕對的對錯，評審的標準也是個人主觀感受，同學們甚至可以完全不同意這些標準，因為像這樣的文學獎，意義就在於鼓勵同學突破過往的格式、規模。部分的創作者文字能力非常強，某些作品對老師來說，更像是可以被朗誦的文學作品，而美的文字與能否適合搬演沒有必然相關。老師建議，在書寫的過程中，可以一邊寫一邊進行舞台化的想像。某段舞台指示在文本中需要有夠強的必要性，但也別過猶不及，要給予導演及演員適度發揮空間。老師一再提醒，這些意見仍屬個人品味，同學無需奉為圭臬。

此外，老師也表示更希望看到角色如何做決定，以及

黃致凱老師

蔡柏璋老師

汪兆謙老師

深入了解角色的內心世界。作品最重要的任務在於能同時傳達作者的理念，並吸引眾人目光往下看，其餘並無特定形式。

黃致凱老師

黃致凱老師認為大部分同學的劇本都是意象式、風格化的。在文字經營上，情境描寫、隱喻使用頻繁，值得鼓勵；但整體來說，較少呈現角色的困境與戲劇衝突。老師希望能在劇本中看到人性刻畫，包括角色面臨困境後的成長、做出選擇後須面臨的代價，以及寫作者能否以舞台上的行動（action），而非獨白去表達角色心境。

老師的評分標準首先是劇本的可行性，同學書寫時需要再思考如何在文學成就與演出實務之間取得平衡；第二，主題須明確，每個劇本應透過戲劇過程來逐步呈現創作的核心；第三，在學生文學獎的場域，老師會更期待看到創作者能否打破既有框架；第四則是戲劇衝突的營造，劇本中應包含不同立場的辯證。老師最後建議，若是要處理戲劇作品裡的情感，憤怒傷感之外，是否也能有甜蜜的時刻？如果讓角色在不同情緒之間切換，觀眾更能看見角色的慾望與恐懼，進而能夠產生代入感，引發共鳴。

首獎／陳姿卉
開到荼蘼

作者簡介

耳東陳，次女姿，百花卉——家裡賣花的二千金。不羨慕他人身世顯赫，因我已出身香閨。夢想是主業當貴婦，副業當創作者。

有嫁娶或創作需求皆可來信，有錢有心誠可談：
vict6331@gmail.com

得獎感言

「創作始於我們不對生活照單全收。」——西蒙．波娃

《開到荼蘼》故事原型起於女生之間雞毛蒜皮的計較，雖然都是些小事情，但足以扼殺我的自信。那時很不甘心，想如果這情感能被搬演，就能理所當然將所有觀眾拉到我的陣營。創作能洗滌、能抒情，也能號召。筆耕終究孤獨，但有了讀者，就能跨越時空被懂得，想來都覺得浪漫到不可思議。

開到荼蘼

11：58——11：57——11：56——

小米一人在場上，手裡握著碼錶，她獨自坐在他們的家裡，家中燈微亮。場上一巨大時鐘，為小米才能看到的內心投射。她嘴裡念念有詞，不停數著時間。

小米：19分51秒——19分52秒——19分53秒——

——

涂進開門。

10：05——10：04——10：03——

小米：你今天怎麼晚了二十分鐘回來？

涂進：今天排隊超多人的。

小米：真的喔？我以為沒什麼人。

涂進：我也以為。

小米：下次如果要排很久你可以買別的啊。

涂進：喔，但你不是最喜歡吃這個嗎？

小米：對啦，但是你看你排隊多花了二十分鐘才回家，我們就只剩下十分鐘吃飯時間，你買別間的話我們就可以——

涂進：什麼？

小米：沒事。

涂進：什麼啦？

小米：你早點回來比較重要。

涂進：蛤？——喔。

08：16——08：15——08：14——

小米：幹嘛，你不吃飯喔？

涂進：我要吃啊。

小米：那你快點過來吃飯啊，現在是晚餐時間。

涂進：又不急。

小米：不要浪費時間嘛。

小米按碼錶。

10：00——09：59——09：58——

小米：好香喔。

涂進：是不是，我就說你還是想要吃這家。

小米：不過我第一次吃這家麵店的時候覺得很普通。欸我小時候吃過超多、超多、超多家麵店的，我沒事就會搭公車或是走路去好遠、好遠的地方吃麵。

涂進：這麼無聊？

小米：哪會無聊，一整天躺在家裡還比較無聊。我真的超級喜歡吃麵的，如果你拿飯跟麵讓我選我一定會選麵，我可以一輩子只吃麵就夠了。以前我媽還會問我要不要嫁給麵攤老闆，我還很認真考慮過欸——

涂進：那你現在還想嫁嗎？

小米：我考慮一下。

涂進：你知道我今天去買麵的時候多荒謬嗎？那個老闆他不是也記得你嗎？我今天自己去的時候他還問我：「欸！那你女兒怎麼沒有跟你來？」他居然以為你是我女兒，這太瞎了吧。那我是不是下次要跟他說「我女兒很想嫁給你」，有可能嗎？

小米看碼錶。

小米：欸我都已經快吃完了，你快點吃啦。

涂進：你怎麼每次都吃那麼快。

小米：還好吧。你看我們的吃飯時間快要沒有了，你會來不及。

涂進：那我看著你吃飯也不行喔。

小米：不行。

涂進：可以。

小米：不行。

涂進：誰說的？

小米：我說的。

05：10——05：09——05：08——

小米：好啦你不要每次吃飯都在那邊拖拖拉拉，你已經停四十秒了。你看你現在不吃飯等一下就會更晚洗澡，你這樣後面的事情就會拖到，你就不能在睡覺前跟我分享你今天做了什麼事——。

涂進：你又在計時？

小米：欸，已經快要五十秒了喔。

涂進：不用每次都像在比賽一樣吧。

小米：這樣才有效率啊，效率。

小米看碼錶。

小米：對了，我們原本要去的那間牛排客滿了，我訂另外一間義大利麵，改七點四十，我們第一次約會吃的那間。

涂進：嗯——

小米：怎麼了？

涂進：你說禮拜三對不對？

小米：你忘記喔？

涂進：沒有，我沒有忘記。

小米：還是你來不及？不然我們可以延後十五分鐘，這樣我們還有四十五分鐘可以慶祝，如果我們吃快一點，應該——？

涂進：不是啦，我沒有忘記，我是要跟你說我那天／

小米：／怎樣？

01：00——00：59——00：58——

小米：我給你一分鐘，說。60——59——58——

涂進：我那天可能要開一個會——

小米：那天是紀念日耶。

涂進：我知道——但因為前陣子我們公司不是

有發生一些事情嗎？

小米：嗯。

涂進：就是總經理跟他助理的一些私生活——

小米：我知道，跳過。

涂進：好。反正，我主管就覺得，我們應該要下班之後再加開一些會，想一下要怎麼應對之類的——

小米：喔。

涂進：因為他們其他時間都不行，所以——我就想說——我們可能可以開完會再去——？

小米：幾點？

涂進：大概——八點半？

小米：八點半你回家就九點了。

涂進：我如果馬上走可能二十分鐘就到了。

小米：那間開到九點半而已。

涂進：不然我們去吃宵夜呢！

小米：不要。你每次都這樣。

涂進：我們可以去吃義式披薩啊——你以前很想要吃的那間。

小米：不要。3——2——1。

涂進：之前你不是很想要去的嗎？而且我記得那間開到很晚啊，我們還可以／

小米：／時間到。

小米按碼錶。

05：00——04：59——04：58——

小米：我現在不想去吃那一間了，上次我朋友跟我說，有一間美式披薩更好吃——但沒關係，反正剛剛的結論就是，你去開會，結束看幾點你再跟我說，就這樣。說完了。

04：38——04：37——04：36——

涂進：不然我們明天提前去慶祝，隨便你想吃什麼都可以，而且我們吃完再去看電影，好不好？

04：29——04：28——04：27——

涂進：好嘛——

小米：看什麼？

涂進：最近《王牌冤家》不是重新上映嗎，要不要去看？

小米：你有時間嗎？

涂進：我明天不用加班啊，六點半就下班了。

小米：你明天不用加班？

涂進：對啊。要嗎？我可以現在就訂票，而且信用卡剛好有打折，這樣買一送一很划算／

小米：／不要好了。

涂進：《王牌冤家》不是你最喜歡的電影嗎？

小米：我們在家裡看就好了。

涂進：它很難得在電影院播。

小米：但這樣我們就不能說話了。

涂進：看電影幹嘛說話？

小米：這樣我就不能跟你分享我最喜歡的那一幕／

涂進：／那一幕就是男女主角最後在海邊啃雞腿，Clementine說「沒有用的，記憶很快就要消失了，我們要怎麼辦？」然後Joel就說／

小米：／享受當下。

02：13——02：12——02：11——

小米：你看我們現在就可以討論，我們去電影院就不能這樣了。

涂進：可是我們好久沒有去電影院了，我們以前不是最喜歡去電影院約會了嗎？反正我們看完也不到十點，還很早啊。

小米：可是我們出門看電影還要花分二十鐘搭車，半小時排隊，電影開演之前還有十分鐘的預告，加上這部電影一小時四十五分鐘，一百零五分鐘，六千三百秒。

00：29——10：12——53：11——

涂進：好——我以為談戀愛就是浪費時間。

小米：你覺得跟我在一起很浪費嗎？

涂進：我不是這個意思，我是說有時候就躺在沙發上一整天也很好啊。

小米：那你要一直講話，不然會很無聊。

涂進：不說話也是一種相處啊。

小米：我會不知道你在想什麼。

涂進：你怎麼知道你會不知道？

小米：你不說我怎麼會知道。

涂進：說不定說話只是比較快，無聲也是一種傳達。

小米：我們又沒有那麼多「美國」時間可以慢慢耗——好吧，可能你有。但我沒有。

涂進：你一定要這樣說話嗎？

小米：我又沒有說什麼。

98：33——93：52——90：14——

涂進：對不起嘛。

小米：你幹嘛道歉？

涂進：因為你看起來不開心啊。

小米：我應該要看起來很開心嗎？

90：00——26：32——01：14——

涂進：他們臨時要把我調去美國，也不是我能說不要就不要的啊。我如果這次沒有去／

小米：／二十秒。

涂進：一分鐘。

小米：二十秒。

涂進：一分鐘。

小米：好，那就一分鐘，扣掉剛剛討價還價的時間，你只剩四十秒。

00：40——00：39——00：38——

涂進：我這次沒有去的話，下一次公司要挑人就很難挑到我啊。

小米：32——31——30——

涂進：而且這次是老闆直接問我的，你知道我們同組還有另一個女主管，他沒有問她反而先問我，這代表他更看重的是我，這是一個很難得的時機。你看喔——

涂進、小米：如果我這次拒絕的話，很可能下次就變成她的機會了。

涂進：你知道嗎／

小米：／我知道。

涂進：反正我有空就會回來，或是你也可以來美國，我可以帶你認識我上班的地方、住的地方——還是你要跟我一起去美國？

小米：我有我的工作，還有我的家人，我不能這樣說走就走。

涂進：那我們可以視訊啊，我不是答應過你，我們可以每天講電話。

小米：可是我們會有時差，我們的時間不一樣。

涂進：那也一定會有交集啊，你起床的時候，我剛好下班。我在美國吃晚餐的時候，你在臺灣吃早餐，時差也很浪漫。

小米：就算我們在做同樣的事情，我們就是沒有在一起。反正我想過了，我再怎麼努力，都比不上美國。

涂進：你幹嘛要這樣想？這不用放在一起比啊。

小米：這放在時間裡就要一起比。

00：19——00：18——00：17——

涂進：但我現在就是在為我們的未來努力。

小米：你根本就不在乎你把我留在台灣。

涂進：為什麼這樣叫作不在乎？

小米：因為你做決定的一開始就沒有體諒我。

涂進：你不能體諒我去美國為什麼我就要體諒你

留在臺灣，我以為我們有共同的目標，這樣不是更靠近我們想要的未來嗎？

小米：你為了未來，現在就要丟下我了。

涂進：但是我又沒有要跟你分手。

小米：我們連五分鐘之後會說什麼都不知道了，怎麼知道明天會發生什麼事。喔對了，以後你的明天，是我的今天。三——二——一。時間到。

涂進：我們還是可以——

小米：時間已經到了。

涂進：我——

小米：四十秒就是四十秒，你繼續講會改變你要去美國的事實嗎？

小米：涂進，我很支持你，而且我想要你選美國。我知道如果是我，我也選美國。就是因為我知道，所以我很難過而已，就這樣，說完了。

涂進：那我可不可以問你一個問題。

小米：一分鐘。

涂進：三分鐘。

小米：一分鐘。

涂進：三分鐘。我只問這個問題。

02：59——02：58——02：57——

小米：180——179——178——177——176——

涂進：為什麼你要一直計時？

小米：173——172——171——

涂進：小米，為什麼你要一直計時？

小米繼續數秒，涂進走向門口，在他打開門的一刻，小米才說。

小米：我已經花了二十三年才找到你，我還錯過了你二十六年的人生。我們在一起的時間了不起就兩三年，我當然覺得時間不夠用啊。你看我只要再重新計時一次，就可以把時間救回來，就可以多一點點跟你相處的機會。在這段有限的時間裡，我想要多瞭解你，我又不是在八歲、十歲、十五歲、十八歲的時候認識你。我不計時，每個時間都被浪費了，就算只是一秒，可是一秒可以說三個字，三個字可以表達的意義太多了。我如果不計較一點，就什麼都留不下來，然後你又要走了，那我要怎樣，我還要再花多少時間找到下一個能跟你一樣——算了，說完了。

小米：剩下三十秒，你還有什麼想說的？

00：30——00：29——00：28——

小米：你為什麼不說——

兩人安靜三十秒，這是場上第一次安靜這麼久。

涂進：在這三十秒，你感覺到什麼？

00：00，**時間暫停。**

涂進拿走小米的碼錶。

涂進：說不定我們不要那麼在意時間，才能真正擁有時間。

涂進離開。

劇本從頭開始：涂進和小米不說話，灰字部分以動作溝通。

涂進開門，再回來時碼錶被留在場下。

小米：你今天怎麼晚了二十分鐘回來？

涂進：今天排隊超多人的。

小米：真的喔？我以為沒什麼人。

涂進：我也以為。

小米：下次如果要排很久你可以買別的啊。

涂進：喔，但你不是最喜歡吃這個嗎？

小米：對啦，但是你看你排隊多花了二十分鐘才回家，我們就只剩下二十分鐘吃飯時間，你買別間的話我們就可以——

——

——

——

小米：剩下三十秒，你還有什麼想說的？

涂進開口。

涂進：你看，時間變多了。

15：01——15：02——15：03——

劇終

評審獎／夏琳
來自遠方

作者簡介

夏琳。

沒有得過文學獎，現在有了，耶。

出生三個月就在天上飛。習慣穿有兩個口袋的外套回首爾，方便一邊裝一本護照。但偶爾會被微妙的時差卡住。

喜歡重看宮崎駿的電影。

最喜歡阿莊。

得獎感言

這是個關於地理課不要偷睡覺的小故事。

徵稿截止後六小時，我身在瑞典的朋友姍姍來遲。她一邊圈出劇本開頭的候鳥，一邊跨越時差吐槽我：「說真的，同一個經度上的飛行才不會穿越時區。」

希望大家沒有被騙（雖然我也被騙了）。

除了候鳥外，還有一個真心的謊話。

獻給希希——所有的遠方，都是獻給阿爾吉儂的花。

來自遠方

一、時差

（燈未亮，只有聲音）

陳希：我曾經站在水陸交界的岸邊，目睹數百雙羽翼振翅而起的瞬間——他們在夏末秋初向南飛、春時又向北去，年復一年地飛過時差，終生穿行於藍天之下——我看過候鳥起飛，就那麼一次。

（上舞臺燈亮，一位少女站在上舞臺中央）

陳希：我是陳希，今天是屬於我的大日子！本來啊，二十二歲生日是該大肆慶祝的——但我目前在飯店裡隔離，算一算，今天才第六天。好消息是，這家飯店一晚八千，想像一下，這是一晚內把7-ELEVEN的六十五元組合餐吃個一百、二十、三次！壞消息是，隔離越久、心情越悶，再高級的飯店都會縮成一間禁閉室。第一晚，房間價值八千元；第二晚，我滑手機直到天亮；第三晚，天花板會慢慢地向下塌陷；第四晚，牆壁也會朝內壓縮；到了第五晚，我算出完整繞一圈房間，只需要四十七步。

（陳希只在上舞臺處來回踱步，範圍很小）

陳希：在我開始第三十八次的房內健走以前，給了我繞圈靈感的人，終於願意說出他的姓名——薩米耶・德梅斯特將軍！我老是忘記他的名字。他呢，是十八世紀的法國貴公子，因為年輕氣盛、與人私門，而在盛大的嘉年華會舉行期間——被罰禁足！他繞房間一圈，只要三十六步，而他要在裡頭多久？整整四十二天！於是，百無聊賴的他，決定在自己的房間裡旅行……

（陳希停下踱步，改為抬頭挺胸地軍步）

陳希：我，薩米耶・德梅斯特，將在這坐東朝西、呈長方形的房內，開始長達四十二天的旅行！倘若我貼著牆繞一圈，這房間共三十六步，可這旅行範圍絲毫不偪促。在範圍內，我可以直著走（陳希向前直走）、橫著走（往右走）、斜著走（往左後方走），甚至照著各種幾何路徑走（照任一幾何圖形走一圈）——噢！（陳希被不存在的椅子撞到）假使我與世界上最舒服的扶手椅相遇了，我的朋友啊，這時當然該一屁股坐下去！[1]

（陳希坐著空氣椅子，一臉享受）

陳希：他們禁止我在這個城市裡行走，如此而已；但天地如此遼闊，宇宙和永恆都在我的掌握之中——現在，從這把扶手椅往北行三步，就抵達我的床了！[2]

（陳希以軍步走回上舞臺中央，躺下）

陳希：好吧，我的想像力到此為止。抱歉，十八世紀的薩米耶將軍（躺著行軍禮），二十一世紀的大學生辜負了你的

1 原文出自《在自己房間裡的旅行》（*Voyage autour de ma chambre*），薩米耶・德梅斯特。語句經過刪改，與原文不同。

2 同註1。

期待！

（陳希嘆氣，再次站起來）

陳希：總之，隔離很煩——但今天還是要慶祝的！我最好的兩個朋友早早約好啦，等台灣時間中午十二點零七分一到，就會打電話來、給我慶生！說來好笑，她倆一個在瑞典，慢了我六小時；一個在韓國，快了我一小時。我們三人，分散在三個時區裡，同時慶祝二十二年前一個平凡無奇的瞬間，酷吧？

（右舞臺燈亮，第二位少女從右舞臺上場。右舞臺只有一張床，灰色的毛毯整齊地疊在床上。少女坐上床、把毛毯當作床上桌，打開筆記型電腦。和陳希沒有眼神接觸）

陳希：這位是芝亭，一位能同時學瑞典文和統計學的奇女子！而根據她的說法呢——

（陳希走到芝亭身旁，模仿她推眼鏡的動作。兩人完全同步）

陳、芝同：我已經是我們家最不能一心二用的人了。你問我訣竅？很簡單，把左視野和左耳、右視野和右耳完全地分開，就可以運作了。

（芝亭繼續看電腦、陳希一臉不可思議）

陳希：這傢伙，肯定是進化過的新人類！高三謝師宴一結束，她就飛去瑞典留學啦。現在是暑假，我們之間時差六小時；等到瑞典的冬天到來，時差還會拉長至七小時……嗯，夠我趕完兩個期末報告了！

不過，時差再怎麼大、地球再怎麼轉，也永遠贏不了熬夜的大學生，對吧？

（右舞臺燈暗，左舞臺燈亮，第三位少女從左舞臺上場。左舞臺有一桌一椅、散在地板上的拖鞋與寫滿字的筆記本紙，桌上另有一疊白紙和筆。少女從衣服口袋裡拿出手機，把椅子拉到自己對面，但沒有坐下。和陳希沒有眼神接觸）

陳希：她是崔荷娜，一位站在海關前，會忘記該拿出哪本護照的混血兒。之前，她這麼告訴我——

（陳希走到荷娜的書桌前，模仿荷娜的舉止。兩人完全同步）

陳、荷同：我那時候超尷尬的，大半夜的、好像是凌晨兩點？頂著一張素顏和桃園機場的海關互瞪！拜託喔，我左邊口袋一本綠色護照、右邊口袋也一本綠色護照，要是只看到背面，哪知道哪本是大韓民國、哪本是中華民國？

（芝亭繼續滑手機，陳希大笑）

陳希：荷娜媽媽是韓國人、爸爸是台灣人。三十年前，她爸媽在澳洲用英文談戀愛、還私奔，超浪漫的！現在，荷娜留在台灣唸大學，但一到暑假——噢對，寒假也是，她就得回去韓國的家，順便給我們外帶一點點特產啦！

（燈全亮，陳希走向下舞臺中央，也是左右舞臺佈景交界處。她左看看、右看看兩邊的佈景，沉默）

陳希：很棒，對吧？我最好的兩個朋友，都是這麼特殊的人。而且她們對我很好，無論去到哪裡，都會和我分享這個、分享那個……我還沒有出過國，就懂得比很多人都多啦。

（陳希再次沉默）

陳希：我在飯店裡隔離，拙劣地模仿薩米耶・德梅斯特軍。她們的人生，早已在時區與時區間穿行……有時候，我感覺自己還站在水陸交界的岸邊，得仰起頭，才能看見她們飛翔——她們，是我候鳥般的朋友。

（電話鈴聲響起，荷娜與芝亭同時接通電話。）

陳希：啊，十二點零七了！

（燈暗）

二、距離

（燈亮，臺上只有芝亭房間的佈景。芝亭在下舞臺處，抱著電腦盤腿坐）

芝亭：現在時間是瑞典的凌晨四點二十五分、台灣時間的早上十點二十五分，離約好的時間還要一小時又四十二分鐘——離開台灣之後，我總是在算時差。

（芝亭放下電腦，站起來伸懶腰、看向遠方）

芝亭：快日出了……

（芝亭走向床，將毛毯抖開、披在身上）

芝亭：前幾天，我被困在瑞典的洗衣間裡，怎麼樣都出不去——這完全是我的問題，怪不了任何人。在我們宿舍，只有房間會用到鑰匙。除此之外，要進入大門、走廊、洗衣間，打開任何一扇門，全都仰賴一張磁卡。沒有它，哪裡都去不了。但我大意了。

（洗衣機運轉的聲音漸漸響起）

芝亭：瑞典是個井然有序的國家，我所有的瑞典朋友們都有個縝密的時間表，必須完美地執行——例如，他們會為了開會，再開一個會決定何時開會。瑞典人不喜歡計畫被打亂，也不犯錯。因此，當我預約下午一點到三點的一號洗衣間，就只能在那段時間，憑著磁卡進出，否則，所有的門都會上鎖。當天早上，我剛結束北極圈的旅行，但很快地，下午四點就有一堂課。我急著洗衣服、收行李、準備上課用的檔案——

（洗衣機運轉的聲音加大。芝亭扯下身上的毛毯，急匆匆地將毛毯團成一球，再把地上電腦放到床上打開，接著在臺上跑來跑去）

芝亭：我逼卡、開門、進洗衣間、關門，打開洗衣機、把衣服丟進去，又想到電腦裡的論文要解壓縮，於是逼卡、開門——我忘了按洗衣機按鈕！一轉身、磁卡脫手、我沒發現，洗衣機剛按好——（洗衣間門重重關上的聲音）門鎖了。

（芝亭沉默，臺上只剩下洗衣機運轉的聲音）

芝亭：洗衣間裡，沒有磁卡、沒有求助鈴、沒有電話，我還忘了帶手機。這裡是地下室，沒什麼人會經過，因此我拍門、大叫，又想到，瑞典的門很厚重，能夠隔絕風雪、冷空氣，還有我的聲音。最後，連我的衣服都洗好了——但在下一個預約一號洗衣間的人到來以前，我沒有任何方法出去。完全束手無策了。

（洗衣機運轉的聲音停下，一片死寂）

芝亭：後來我發現，如果我踮起腳尖、把脖子伸長，勉強能看見掛在走廊上的時鐘。那時已是下午四點。課程開始了、宿舍管理員也準時下班了。我的瑞典室友會困惑我去了哪裡、或許會發訊息確認，但他們不會打電話。出於對隱私的絕對尊重，更不會想到要進我房間確認……好奇怪，我突然從世界裡消失了。

（芝亭茫然地坐在地上）

芝亭：我開始回想自己的人生，想著自己和世界的連結，試著打發一些時間。我想到爸媽、我妹、家裡養的貓、在北極看到的極光、還沒讀完的論文、亞洲超市賣的醬油，配飯吃還不錯……我最後一次確認時間，是晚上七點。

（陳希和荷娜上場）

荷娜：小可憐，幹麼坐著睡覺，你都不怕瑞典地板凍屁股？

芝亭：……荷娜？你怎麼在這裡？

陳希：有人很過分喔，我也在欸！

（芝亭笑了，站起來）

芝亭：好吧，所以你們怎麼會……

陳希：（無意間打斷芝亭）你們記不記得高一的時候，我們三個一起被困在電梯裡？

荷娜：誰會忘記那個爛電梯！連我直屬也被關在裡面過。

陳希：好啦，也是因為一起困在電梯裡，我們才變熟的嘛——總之，在電梯裡的時候，我不是說過嗎？

荷娜：呃，你說你憋到快死掉，很想上廁所？

陳希：不是那個！

芝亭：……納粹德國的建築師，阿爾伯特·施佩爾？

陳希：正解！

荷娜：太誇張了，你怎麼又記得？

陳希：來，新人類，請開始你的表演！

（燈轉暗，荷娜下場）

芝亭：你說，他沒死在紐倫堡的絞刑架上，而是被關進柏林的斯潘道監獄……那座監獄花園還是他自己設計的？

陳希：沒錯，花園裡有步道、假山、花壇和一些果樹。

芝亭：他會在放風時間裡，沿著監獄花園，一圈又一圈地繞行。

陳希：他還在左邊口袋放一顆乾掉的豌豆，走完一圈，就把豌豆換到右口袋；再走一圈，又放回左口袋。他每天繞、每天算、每天記錄繞行的公里數。

芝亭：後來，他繞夠了花園，以監獄為起點，靠著想像，一路步行回小時候住過的家。

陳希：他在監獄圖書館借到一張德國地圖，算出從斯潘道到他的故鄉——海德堡，要六百二十六公里。於是，他在花園又繞了幾個禮拜，直到累積滿六百二十六公里，他的靈魂也終於抵達海德堡。

芝亭：之後，他寫信給各地的朋友，蒐集各大洲的地圖和旅行指南。這次，他打算在監獄裡環遊世界，並把旅行時的所思所感，悄悄地在菸盒與廢紙之中。

陳希：一九五五年，他寫下——從布達佩斯到貝爾格勒的路段，我沿著與多瑙河有些距離的草原行走。天氣很熱，我摘下草原上的一根檸檬香蜂草，用手指揉搓它。葉子飄散出的酸味加劇了陌生感，以及徒步旅行的自由感。[3]

陳、芝同：在往後的十一年間，他在花園的足跡踏遍歐洲、南亞、中國、白令海峽、加拿大、墨西哥。沒有行李、不帶護照、無須導遊，他跨出監獄、行走大陸、橫渡海洋——在監獄的最後一夜，他發電報通知朋友。

陳希：請到墨西哥瓜達拉哈拉市……[4]

芝亭：南方三十五公里處接我。[5]

（燈暗，陳希下場。燈亮，芝亭垂頭坐在地上。一陣子後，芝亭猛然抬頭，環顧四周，慢慢站起身，然後拍拍屁股笑了）

芝亭：……屁股真的好冷喔。

（門被用力拉開的聲音）

芝亭：到了隔天凌晨，總是熬夜的荷蘭室友救了我，她是下一位預約一號洗衣間的人。終於，我踏出洗衣間、回到房間，喝完了一大杯水，徹底鬆了一口氣……但又覺得好笑，明明只是從一個房間

3 原文出自*Spandau: The Secret Diaries*，阿爾伯特・施佩爾。語句經過翻譯與修改，與原文並不一致。

4 同註3。

5 同註3。

走到另一個房間裡，我卻莫名其妙地，好像更自由了。後來，我看著窗外發呆，看著天邊墨色越變越淺，就快日出了……

（芝亭伸了個懶腰，看向遠方）

芝亭：我看著日出，想著……如果阿爾伯特·施佩爾在監獄花園裡，能用想像環遊世界；如果我在小小的洗衣間裡，能在夢裡回到高中的電梯；如果空間的限縮，反而能讓人去到遠方……那麼，即使世界上所有的門後，永遠有著另一扇門；即使任何一道鎖下方，永遠有下一道鎖——無論空間裡有多少的限制、各種形式的阻絕，我們永遠都能跨過去吧？因為我們的靈魂，永遠是自由的。

（芝亭沉默）

芝亭：可能是瑞典的日出太早吧，我那時候想著、想著……就覺得，好像再也沒什麼可怕的了。

（電腦裡設定的鬧鐘響了）

芝亭：六點零六，該打電話了。

（芝亭把毛毯疊好、整齊地放在床上，再坐上床、把毛毯當作床上桌，打開筆記型電腦。燈暗）

三、記憶

（燈亮，上舞臺處是荷娜房間的佈景。大衣與拖鞋皆擺放整齊，寫滿字的筆記本紙也都放在書桌上。荷娜站在上舞臺處）

荷娜：從小我就深信——任何人，都是從故事裡誕生的。當年，我爺爺在腰帶上纏了整整十二根金條、買通官兵、混入豬圈，才成功偷渡來臺。一年後，我爺爺和奶奶在醬油鋪相遇，這才有了我爸。再回頭看，要不是我外公的哥哥賭性堅定，拿賭債逼外公北上首爾工作，外婆就不會在火車上遇見外公，哪裡會有我媽？退一萬步說吧，我爸媽的相遇，嘖嘖，也是奇蹟！想想看，台灣人和韓國人在澳洲讀大學，還用英文談戀愛？這劇情要素多到會被懷疑真實性！總之啊，我出生，就是緣分存在最好的論證。

（荷娜拿起桌上已經寫字的筆記本紙，翻翻找找）

荷娜：我理所當然地愛上聽故事、記錄故事——我看看，筆記本裡頭的第一則……不是這張，呃，不對！

（荷娜把不需要的筆記本紙隨意丟在地上，抽出其中一張）

荷娜：有啦！嗯，這篇是冬天寫的，外婆的白色記憶。今天，首爾下了場大雪，媽媽叫我牽緊阿茲海默症的外婆，我們在路上走走停停的，正好看雪。外婆矮矮的、圍個厚圍巾、又戴個圓邊眼鏡，看起來小小一團，像森林裡老女巫——哇喔，這句可不行，劃掉劃掉！

（荷娜在紙上畫了幾筆）

荷娜：整片天地白茫茫的。只要圍巾裡憋氣幾秒，再朝外呼氣，吐出來的氣又會把首爾變得更白！我玩得很開心，結果不小心呼氣在外婆的眼鏡上了。外婆突然對我大喊——荷娜啊，快跑！是催淚瓦斯啊！她握緊了我的手，明明戴著很厚的手套，我的手還是被外婆捏到紅了。我稀裡糊塗地跟著外婆跑，從來不知道，膝蓋開過刀的外婆也能跑那麼快……

（荷娜沉默了一陣子，繼續讀）

荷娜：媽媽在我們身後追，她也在喊——媽媽，沒事了！你看，天上下的是雪、不是催淚瓦斯！我一邊跑一邊想，這條路上有女子中學校、神學院和一般大學，怎麼可能會有催淚瓦斯，外婆的老年癡呆好像更嚴重了！直到晚上，媽媽在房間裡小小聲地跟我說，其實，她是跟著催淚瓦斯的味道，和隔壁神學院學生們的抗爭一起長大的。我好驚訝，原來神學院的學生也會抗議！媽媽說，他們聽神的，又不聽國家的。

（荷娜笑了，將紙翻到背面）

荷娜：我最喜歡的那條小巷子裡，會白茫茫一片的，曾經不只是雪，還有軍隊丟的催淚彈——外婆的病沒有惡化，只是我們經過同一條街，看見了不同的白色。

（荷娜放下紙）

荷娜：這是我記下的第一則故事。現在想來，那感覺……就像發現熟悉的地方，原來有個更舊的地名。又或者，就像捏陶土一樣？把流動著的一長段時間壓縮、折疊進同一個空間，經過那裡的人就算走進了同個地方，卻各自看見了不同年代的記憶——那麼窄的一小條街，裡頭卻有那麼多的相遇和離別！

（荷娜隨意地在紙上寫寫畫畫）

荷娜：又或者，我有那感覺的原因……是因為外婆的阿茲海默症？明明我們緊緊牽著手、走在同一條街上，她還是每隔十五分鐘，就問——你是誰啊？荷娜啊？天啊，荷娜小時候那麼愛哭，怎麼一下子長那麼大了？讀國中了嗎？哇！大學了啊——每過十五分鐘，她就會重新認識我一次。外婆把每一次的十五分鐘折起來、疊好，卻又被風吹走，只好再折起來、疊好……也許，我只是討厭被忘記。所以，只要這些故事存在著，我就非得把他們記下來。

（荷娜翻到一張紙，愣了一下）

荷娜：對了，那天和陳希她們被關在電梯裡的事，我也有寫下來——

（燈轉暗，荷娜移動到下舞臺，陳希和芝亭上場，三人站成一個緊密的小圈圈）

芝亭：警衛說他知道狀況了，另外請我們保持冷靜、稍安勿躁。

荷娜：學校這什麼破電梯！

（三人沉默）

陳希：……嗯，一直站著也有點累，我們要不要坐著？保存體力？

荷娜：你們想坐就坐啊，我要站著。真的快被氣死。

（陳希與芝亭坐下，荷娜仍然站著）

芝亭：陳希，你壓到我的腳了。

陳希：抱歉！太暗了看不太清楚——欸？你記得我？

芝亭：記得啊，都開學一個早上了。你坐在教室第三排第二個，荷娜坐在教室第五排第四個，我那位置能看見到你們。

荷娜：哇喔同學，你這記憶力太扯了吧？

芝亭：還好，我只是比較擅長這類的。

陳希：那還是很厲害啊！

芝亭：嗯，謝謝。

（三人再度沉默）

荷娜：是說，我們閒著也是閒著，要不要玩點什麼？

陳希：來接龍？

荷娜：接龍好悶喔，還是真心話大冒險？

芝亭：空間那麼小，大冒險的話……是要看誰能憋氣憋最久，減少浪費電梯裡的氧氣嗎？

荷娜：呃，那算了。不然故事接龍怎麼樣？我們就輪流，一人講一個故事情節，誰接不下去就輸了——輸家的懲罰，就是講一個祕密！噢，可以不需要是那種全世界只有你知道的，反正除了名字以外，我根本不知道你們的其他事情。

陳希：這聽起來很有趣欸！

芝亭：可以啊。

荷娜：好，那我先開始——

（陳希和芝亭動作定住）

荷娜：那天，我把我爸媽變成了王子和公主，說了他們跨國私奔的愛情故事。芝亭是下一個。她把奶奶變成邪惡的巫婆，說巫婆在成為巫婆以前，曾在七歲時被父母遺棄，但僥倖熬過三個晚上都沒死，才被上山砍柴的二哥——噢不，哥布林發現，又被抱回邪惡魔堡養大。長大後，有心靈創傷的巫婆看不慣有情人終成眷屬，準備好要拆散王子與公主！至於陳希嘛……她先是講法國人在房間裡轉圈圈，後來又變成德國人在繞監獄——這接得完全不及格！

（陳希和芝亭繼續動作）

陳希：咦？不行嗎？我覺得我的故事很有趣耶……

芝亭：薩米耶‧德梅斯特和阿爾伯特‧施佩爾是好故事，但這跟女巫或是王子公主的主線……有什麼關聯？

陳希：好像、是沒有啦。

荷娜：那願賭服輸囉！陳希，隨便講一個關於你的事就好。

陳希：那……你們不要被嚇到？

荷娜：哇喔，你要認真來嗎？沒事，你講，我絕對不講出去！

芝亭：嗯，我也是。

（陳希深吸一口氣）

陳希：……我會死。

荷娜：蛤？誰不會啦？

芝亭：不會的，電梯只是暫時壞了，學校裡的其他人很快就會來。

荷娜：喔喔、對啊！你是不是太緊張了？沒啦，也不一定要多認真的祕密——

（陳希站起身）

陳希：不是。我是指……我有胰臟癌，活不過五年的。

（燈暗，陳希和芝亭下場。燈亮，荷娜站在下舞臺中央）

荷娜：離開電梯後，我建了個群組，就叫「慶生小隊」。這裡頭只有我、陳希、芝亭，我們是班上唯二知道陳希生了病的人。自從相遇開始，我們便倒數著離別——高一到現在，我們給陳希慶祝過五次生日。第一次是在學校裡；第二次是在她家；第三次，我們改成視訊電話；第四次，她說她的臉很高貴、不給看，堅持要改成一般電話就好；第五次，還是在電話裡慶生——每一次的慶生，都是一場練習……今天，會是第六次。

（荷娜沉默，用力拍了拍自己的臉）

荷娜：不想了！來看看啊，現在還剩下（鬧鐘響了，荷娜從衣服口袋拿出手機）……喔，快到點了！

（荷娜走向上舞臺的椅子，無意間踢翻拖鞋。她把椅子拉到自己對面，但沒有坐下。接著拿出手機、撥通電話。電話鈴聲響起）

荷娜：嗨——大家！

（芝亭未上場，只有聲音）

芝亭：……嗨。我這裡是凌晨六點，你可以不用這麼有活力。

荷娜：今天可是陳希的大日子，給我有點活力！來吧，我倒數完，我們就開始！三、二、一——

（荷娜轉身，笑著面對空椅子，用盡全力大喊）

芝、荷同：陳希，生日快樂啊——！

（沒有回應，一片沉默）

荷娜：很好！陳希說她聽見了！我們開始吧！

（燈暗）

四、宣示

（燈亮，陳希站在上舞臺中央、芝亭站在右舞臺、荷娜站在左舞臺。整個舞臺上，除了下舞臺的一把空椅子外，沒有其他佈景）

陳希：今天，是屬於我的大日子。本來啊，二十二歲生日是該大肆慶祝的——但今天才第六天，不到頭七，不得別離。在生與死的邊界上，我與整個世界隔離。

荷娜：現在，（從口袋裡拿出寫滿字的筆記本紙）咳咳！讓我們一同朗讀，壽星準備已久的開場白。

陳、荷同：嗨，芝亭、荷娜。很高興你們來參加我的生日會。在開趴以前，我想再講最後一個故事——好久好久以前，羅馬的元老院曾經有這麼一種刑責，叫……

（荷娜頓住）

芝亭：叫 damnatio memoriae，記憶抹煞。這是拉丁文。

（陳希笑了，荷娜看著空椅子）

荷娜：陳希一定會偷笑……噢，我繼續！

陳、荷同：這是一種對叛國者的古老懲罰。被懲罰的人，從此將無法被承認、被討論、被書寫，就連生活過的所有痕跡，都會被完全銷毀。

芝亭：就算被刻在家族木板畫上，那張屬於受懲罰者的臉，也會被損毀到消失殆盡——就像是……

陳希：就像是，從未存在過。

（陳希走向椅子，坐下）

陳希：我很想留下來。所以，別像羅馬人一樣，詛咒著被懲罰者存在的記憶。也許、也許，在接下來的一段時間裡，你們無法承認我、討論我、書寫我，但是，等那段時間過了以後……

三人一起：請盡情地討論我、書寫我、想起我！時間會殺死我、空間會困住我，但你們是最美麗的候鳥，在心臟跳動的每一個瞬間，你們都在跨越——

陳希：你們會跨越到，我到不了的時空裡。因此，我希望你們不要參加我的告別式——

芝、荷同：因為我們永遠會在某些地方，與你相逢。

陳希：也請不要參加我的葬禮——

芝、荷同：因為真正的死亡，只發生在全然地遺忘裡。

陳希：請大步邁向我看不見的風景、盡情去做我做不了的夢！

芝亭：在此之後，空間再也困不住你。

荷娜：今天過後，時間再也傷害不了你。

陳希：終有一天，空間接壤、時間綿延、你們跨越時間——於是啊。

芝亭：瑞典的極光。

荷娜：韓國的雪……

陳希：台灣的盛夏，會在同一片星空下重逢。

（燈轉暗，芝亭、荷娜、空椅子下場）

陳希：我是陳希。我曾經站在生與死的交界，目睹候鳥般的朋友們，振翅而起的瞬間——他們背負著往日，往我看不見的盡頭飛去，年復一年地飛過時差，終生穿行於藍天之下——

（燈暗，只有聲音）

陳希：我看過候鳥起飛，不只一次。

（全劇終）

佳作／張曉逸
寂寞狂想舞

作者簡介

張曉逸，台大戲劇所萬年不畢業生。

得獎感言

劇本在電腦裡躺很久，終於，終於讓她出來見見光了。非常感謝老師的點評，照見我寫作上的問題。第一次寫得獎感言，又是一個讓我感到困難的文體。

寂寞狂想舞

場景

一間兩室一廳的北京老公寓，以客廳為主景，在其左右兩側各有一扇門，不知通向何處。

一個小公園，一截雙面空廊，長廊本身是白色，用投影的方式變換長廊枋梁上五光十色的彩畫。彩畫內容是水墨山水畫、花鳥畫，或以中國四大名著為情節的畫作。

角色

陳滿妹，六十歲

任劍偉，七十一歲

霍勁松，四十九歲

楊二瘋子，大約五、六十歲

序

（滿妹的老公寓。）

（簡單的木製傢俱裝潢，每一件傢俱腳上都有一道距離地面三十公分的水漬，像是被水淹過一樣。客廳茶几上放著一個小魚缸，裡面養著一隻烏龜。）

（觀眾入場時，滿妹橫躺在沙發上看電視，頻繁地換著頻道。）

（綜藝節目各種亂七八糟的音效和罐頭笑聲衝出來。）

男聲：（恐怖箱遊戲）啊啊啊，你們什麼表情？啊啊啊啊，什麼東西?!

女聲：（平淡）乖哦，乖哦／

（新聞聯播任意一期。）

男播報員：（節目開場音樂）各位觀眾晚上好，

女播報員：晚上好。

男播報員：今天是／

（《新三國》第三十六集。）

劉　備：孔明啊，歷代帝王均以為，大業以江山為本，但我始終相信。大業者，不是江山，是百／

（以上類型的電視頻道被滿妹來回換了好幾輪，最後出現家庭倫理劇的聲音。）

女聲一：我不只進過你的房間，你的睡衣，你的保養品，所有的東西，包括你老公，我都已經碰過了（巴掌聲）

女聲二：妳個賤人！賤人！不要臉的東西，搶我老公……（打架聲）

女聲一：照照鏡子看看你現在什麼樣子吧！黃臉婆！

（滿妹停在了家庭倫理劇。提起了興致繼續往下看，沒過多久就睡著了。）

（傳來滴滴答答的水聲，漸漸聲響變大，大到惱人的程度。滿妹從沙發上醒來，看了一眼身後的鬧鐘：01：20。）

（關掉了電視，起身欲走向廁所的門。卻在半路突然倒地，在地上緩慢掙扎了幾下，嘴巴也張合了幾下，像小魚缸裡的烏龜一樣。）

一、相親公園

（滿妹在公園長廊的邊緣徘徊，最後在長廊的凳子上坐下。）

（勁松在旁邊轉悠，看到滿妹，上前搭訕。）

勁松：來了啊。

（滿妹沒有理會。）

（勁松靠著柱子，搭著話。）

勁松：上次不是嫌棄你的意思，就覺得咱倆搭夥過日子夠嗆，

滿妹：你都倆手機揣兜裡了，咋還對女的要求這麼多呢?!

勁松：兩回事！倆手機是我公私分明。公事和私事各一個手機，生活才不會亂。欸～對吧！但這男的跟女的過日子，要是太緊巴著怎麼過？總得兩個人一起貢獻一些生活支出吧。

滿妹：那你退休金多少？上次光你問我，我還沒問你呢！

勁松：比你高。

滿妹：高一塊也是高，誰知道高多少呢！

勁松：……你有房嗎？

滿妹：那你有房嗎？

勁松：可以說有，也可以說沒有。

滿妹：那是有還是沒有？

勁松：我沒有房，但我們家四套房都是奶奶他們留給我的。我們家祖先的，財產。

滿妹：四套都哪兒的？

勁松：東北那邊。

滿妹：那不值錢。東北現在的房哪兒還值錢啊。

勁松：你還別瞧不起東北！過去那可是中國重工業經濟的命脈！

滿妹：誰瞧不起東北了?!我年輕時候就往那兒下過鄉，半輩子都在那兒！

勁松：喲！妳也待過東北啊?!

（勁松在滿妹旁邊坐下。）

滿妹：在鐵西那兒幹過。

勁松：那咱倆離得近。我長春的。

滿妹：隔得老遠了。

（霍勁松坐靠近。）

勁松：不遠不遠，地圖上就這麼點兒的距離

（大拇指和食指比劃出三釐米。）

滿妹：你離婚還是喪偶？

勁松：（厭惡）那臭婆娘就一勢利眼，覺得我養不起她，就跟個做生意的跑了，跑去廣州……還把我們小孩一起帶走了……

滿妹：就沒再聯絡？

勁松：快有二十多年沒見著了……

滿妹：二十多年沒見，那名字都要忘了吧。

（頓）

勁松：忘記那孩子叫浩然還是浩良了。

滿妹：我小孩去上海大半年了，忙起來幾天都不跟我視頻……前天清明回來，看她就跟陌生人一樣。從小帶到大的，一下子都不認識了。

（勁松起身，走到滿妹的面前。）

勁松：你之前在東北做什麼？

滿妹：什麼都幹過，撒灰工、油漆工、搬火車頭、倉庫管理員，幹最長就會計。

勁松：會計！那可比我們一般工人強啊。

滿妹：都一個樣！哪有誰比誰強的。

勁松：那可不一樣。坐辦公室的跟咱們一線工人哪兒能一樣?!

滿妹：我們廠都得下去幹活的，沒分誰跟誰。

勁松：那可不是，領導光站著看就行，比劃比劃手指就算完事兒了。累得跟狗一樣的可他媽的是我們啊。操！

滿妹：人家做的事兒跟我們咋比啊。人家在位

上有他們要擔心的事兒，咱不懂，但實際上都差不多。

勁松：我尋思著你跟他們是一塊兒的吧，為他們說話。

滿妹：我沒為他們說話，我這叫就事論事。

勁松：操！他媽他們出去吃的什麼東西？住的什麼地兒？出門坐的什麼車？能一樣嗎？操！

滿妹：我們廠領導也跟著一起下去幹活，沒人搞特殊。

勁松：那是你們領導。再說，也沒見幾個廠領導下崗，我操他媽！就算廠倒了，他們的錢照樣兒拿得比我們多，操他媽！操！

（滿妹站起來。）

（公園放起王洛賓的《青春舞曲》。幾對男女跳起舞來。楊二瘋子獨自瘋跳。）

勁松：就算他真下去幹他媽的也就幹一倆小時，咱們可是全年在幹。操！

滿妹：你這人嘴怎麼這麼臭呢?!

勁松：喲！操！他們給你多少錢了?!操！這麼護著那群王八羔子。操！

楊二瘋子：喲！松哥。來啦！

（楊二瘋子撲上去。）

勁松：（連忙閃避）去！

楊二瘋子：（對滿妹）喲！新面孔，美女。

勁松：你要為你自己感到羞恥。

滿妹：咱倆不合適，不聊了吧。

（頓。）

勁松：那加個微信吧。

（勁松先摸了左胸前口袋的手機，掏了一半，改換掏出右胸口袋的手機。）

滿妹：甭加了。咱倆聊不來。

楊二瘋子：美女說不加就不加。（做唱戲蘭花指對著勁松）

勁松：誰稀罕呢！他媽的！

（勁松快速走開，迅速搭訕路過的兩個女人。）

勁松：您二位哪兒的？聊聊唄，聊聊唄。

楊二瘋子：他就一流氓！

滿妹：嘴真臭！一句不離髒字兒?!

楊二瘋子：美女，美女。我跟你說啊，在這公園裡搞對象，學問可大了。如果帥哥越急，咱越慢。帥哥越瘋狂，咱越萌，給他萌暈了，萌酥咯，千萬別給他萌癱了，癱了還得伺候他。

哈哈哈哈哈哈哈。來幾次了？

滿妹：這是第三次了。

楊二瘋子：我有四個星期沒來了。今天一看，喲！多了這麼多帥哥美女。我一眼就瞧見了你，長得賊好看。哈哈哈哈哈。

滿妹：我都老了還好看啊？

楊二瘋子：（不置可否）我楊二姐，大家管我叫楊二姐，雙楊大姐，我姓楊，我屬羊，看人最準。這公園裡的人什麼貨色我一眼就能瞧得出來。

滿妹：您來公園很久／

楊二瘋子：（打斷）我來這可有十多年了我跟你說！這公園裡頭什麼人都有，每個人都不一樣。千個美女千股勁兒，萬個帥哥萬股勁兒。都吃這一個楊師傅的川丸子，同時吃的，你猜怎麼了？放屁都不一個味兒。啊~那玩意兒，肚臍眼兒都餓炸了，說你說得太精彩了。那為什麼呢，楊大姐。我說為什麼呢？我就要掂掂了。掂完了大夥說太精彩了，太深刻了，就當是聽胡蛋胡扯，回家跟我們家裡親戚朋友哥們兒一說，把本山大爺的相聲都關了，說你們那兒還有這樣的人才，真厲害。她叫什麼？他說她叫楊二瘋子、楊二傻子、楊二傻大子。說她二、她傻，沒精的了，好嗎。好多事兒呢。我告訴你，每一家，基因都不一樣。二十代、三十代裡邊的基因、性格、還有經歷，別說，喲，這是小朋友、這是大朋友，他都在經歷。他遇見什麼爹娘、將來什麼公公婆婆、什麼親母親家公、再自己育什麼兒女、再怎麼把這四個老傢伙養老送終，再把兒女長大，好多事兒呢，這裡有二十種事情。

滿妹：哪二十種／

楊二瘋子：（打斷）我再給你講啊。這群人裡，你要是看到有人萬年不見了，那八成兒有病了，來不了。八成犧牲了就是拋病。或者一跟頭兒什麼就沒了。再有萬年不來了，你猜幹嘛去了？自由地就同居去了唄。但我不主張這樣兒，我主張的就是，是驢子是馬，拉出來遛半年。自己倆人感受一下，他到底是貓變的，狗變的，驢變的，他不是狼變的就成了。他要是你的菜……

（路過幾個人。）

楊二瘋子：（對路人）喲！姐姐，姐姐，我在跟新來的美女聊天呢……欸欸，等會聊。（對滿妹）但是一天不登記，千萬誰也別上誰家去。現在好多人都同居，非法同居！同居出事兒了呢？第一次上人家家裡就有事兒。進屋手還沒拉呢，出來倆人。人把你暴打一頓，人把你扒了，把你照起來了。

滿妹：這不犯法的嗎？

楊二瘋子：喲！到那會兒你再給員警打電話，你猜人家說什麼？員警說「美女阿姨您幾歲了?!帥哥大叔您幾歲了?!」

滿妹：真的假的？

楊二瘋子：可不是嘛！長點心吧啊。海燕，長點心吧。什麼最值錢。誰也說不上來。我走到老家，我東北（改口）山東人。我回家看百八十歲的人，擺了十幾桌酒，都說不上來。我說，我告訴你，你說這值錢那值錢，我說不對，經歷最值錢！你經歷了狼，你才知道，哎唷……誰是羊的恩師？狼是羊的恩師。越是惡狼，對善良的羊，越是最大的幫助。他坑了你，害了你，矇了你，玩了你，操了你！然後你給他擁抱一下，「謝謝你，親愛的，待會請你吃國宴。」欸，心裡就這樣兒。今天一加一沒等於二，等於零了。一定，想十回、二十回，下次，一輩子，十輩子，不能再給狼機會，長教訓。

滿妹：您這嘴真逗。

楊二瘋子：可不是嗎！公園裡的人都愛聽我講話。碰著誰沒？

滿妹：沒遇上多少合適的。

楊二瘋子：長著呢，這兒什麼人都／

（劍偉停自行車。楊二瘋子撲上了劍偉）

楊二瘋子：帥哥，喲，帥哥。來了啊。一起跳舞啊。

（劍偉將貼近的楊二瘋子推開。）

楊二瘋子：中午給買吃飯。走！咱們走！

劍偉：中午有約了。（看見滿妹）你倆聊天呢。

楊二瘋子：你們這些個男的，「喲，到這裡兒來了」，「喲，妳倆聊啥呢」，比員警叔叔，員警阿姨問得還細緻。美女，楊二姐得再囑咐你一句。你像你吧，七〇年出生的可以說，你要是五月八號，得倒過來，說八月五號。名字呢，仨字兒，中間兒這字就別說。咱回家坐五路，說三路。否則，別說哪兒的人，人就跟到你們家了。到車站，你這樣，你一邁腳，他也邁。你下來，他也下來。你上去、他也上去了。特殊的，有那麼三兩個。喲，甚至跟到你們家門口。「呀，你們家就住這裡啊。」你這誰盯著你呢?!寶貝！公共汽車上、飯店、公園，各種公共場合，說話一定要小心小心再小心，萬事防不慎防防不慎防。時代變了，現在不是毛爺爺時代了，是本山大叔時代，只有你想不到的，沒有他幹不出來。

劍偉：楊二姐，時代確實變了，男女都一個樣。您這話我也得聽。

楊二瘋子：得聽得聽。咱倆去吃飯，我再給您講點兒。

劍偉：我中午約人了。

楊二瘋子：（對滿妹）他也說不跟我喝了……萬一就有孩子了……好好，「不會倒」，就笑。你也說「快！帥哥，快！小帥哥！快給小帥哥……帥哥幫我倒點，快給帥哥抱我近點兒，點幾顆。」為什麼？大夥說，為什麼呢？你說為什麼呢？大夥都說不上來。我說，因為呢，這世界上，別說誰是哪兒的人，甭牛，牛也沒有用，你女人再能幹是地，男人再無能是天。你愛著那會呢？再一說，再一個重點，大夥說「你說一下吧，聽一聽」，說完都要瘋了，「太對了太對了」。我說天下的男人不缺娘，都缺十三歲的小妹妹。他有娘，像娘一樣「別吃了！別喝了！」，多少愛都沒了。美麗的語言，勝於小酒，用最美麗的語言，去跟他過日子。因為沒有男人，沒有娃娃，你女人再牛，再能幹，你也是女光棍，對嗎。有了男人，有了帥哥，就有娃娃了。比如說，這帥哥，再無能，就有點那……彈弦子。

劍偉：您指我幹啥?!我不彈弦子。

楊二瘋子：沒說您，不好意思不好意思。甭管誰，一推門進來，本來是想闖進來，人一看，有男人，「喲喲喲，大叔，我們走錯了。」你像我這樣的，不喝酒女漢子，喝完酒母漢子。得，欸，推門一看，沒有男人。嗖就進來了。

（勁松端著啤酒瓶上。）

勁松：楊二姐講得在理！沒人有您這覺悟。整個公園裡我最愛聽楊二姐的話，通透！

楊二瘋子：要不咱倆去吃飯，我再給你說說。

勁松：我還有事兒呢。

楊二瘋子：啥事兒啊?!得了吧您。嗑瓜子閒聊的事兒裝什麼蒜呢。（對滿妹）美女，要有什麼事兒你找我啊，楊二姐給你出主意，給你擔著啊。

（楊二瘋子繼續獨自自嗨跳舞。）

（勁松掏右胸口袋的手機。）

勁松：（對滿妹）真不留個微信電話什麼的？指不定什麼時候你想去長春，我還能帶你到處遛遛。

滿妹：甭留了。

劍偉：喲！右邊的手機啊。

勁松：不留算了！（輕聲）操他媽的！

（勁松下。）

滿妹：右邊的手機到底是咋回事？

劍偉：他右邊手機存有錢的富婆，左邊手機存普通的。

滿妹：狗屁公私分明！就他那樣我還看不上呢！

（頓。）

劍偉：你哪兒的？

滿妹：北京的。你哪兒的？

劍偉：我也北京的……你離異還是喪偶？

滿妹：你喜歡喪偶還是離異？

劍偉：我都行。

（滿妹在長廊凳子上坐下。）

滿妹：我那對象走了快有五、六年了都。

（頓。）

滿妹：得的癌，照顧了大半年，還是沒給拉回來。……你離異還是喪偶？

劍偉：我也喪偶……你住哪兒呢？

滿妹：這附近。

劍偉：喲！那很近……我看你還蠻年輕的嘛。

滿妹：六〇年的。也不小了。

劍偉：小著呢。你猜我幾歲？

滿妹：猜不出來。

劍偉：我退休都有十六年，七十二歲了都。

滿妹：喲！您看著精神不錯嘛，看不出來。

劍偉：老了，不行了。

（劍偉打量滿妹全身上下。）

（公園音樂切換成《愛你在心口難開》）

劍偉：跳個唄。坐著閒著也是閒著，動動。

滿妹：我跳不好。

劍偉：不打緊。

（兩人不自然地搭著跳舞。滿妹不好意思看劍偉的眼睛，劍偉的手開始在滿妹的腰身上游移摸索。）

劍偉：你之前做什麼的？

滿妹：在東北那塊工廠做會計。

劍偉：蠻不錯的啊。

滿妹：還行，就是退休金不高。日子勉強著過。

劍偉：不打緊，人老了也吃不了多少東西，用不了幾個錢。錢都得給兒女留著。

滿妹：也沒多少能給兒女的。她也不要。

劍偉：兒子還是女兒？

滿妹：女兒。
劍偉：多大了？
滿妹：都快三十了還沒結婚。
劍偉：喲，女兒沒找著對象就先給自己找對象呢。
（滿妹身體僵硬了一下，劍偉又拉了她一把。兩人無言一段時間。）
滿妹：你之前做什麼的？
（劍偉捏了滿妹腰上的肉。滿妹愈生氣。）
劍偉：在機關單位上班的。
滿妹：北京的單位？
劍偉：對。管著幾個人。
滿妹：是個官兒啊。
劍偉：就屁點大的位子。
滿妹：你們這些當官的就愛把自個兒說小。
劍偉：一起吃個飯？
滿妹：你不有約嗎？
劍偉：約的是你。

二、騙

（滿妹的老公寓。）
（劍偉坐在沙發上翻看《參考消息》。）
滿妹：老公啊……
（劍偉聽到滿妹的喊叫，皺眉翻報紙，不應答。）
滿妹：老伴兒……
（還是無人應答。）

滿妹：我跟你說個事兒。

（滿妹端上一盤水果。）

滿妹：你看能不能幫我處理一下，就物業的事兒。

劍偉：不跟你說過嗎，掙不到幾個錢的。

滿妹：能掙到多少算多少，這房子漏水泡爛的地方總要收拾，但我不能就這麼自己吃這個虧。

劍偉：你鬧了兩年了都沒用，我還用得著問嗎？

滿妹：你問跟我問完全不是一回事。

劍偉：為這點事兒欠人情……。你這傢俱就湊活著用吧。

（頓。）

滿妹：要不……我把我這屋租出去吧。每個月還能有四、五千，供我還房貸。（劍偉放下報紙。）

劍偉：租出去我們住哪兒？

滿妹：住你那兒呀。

劍偉：那不成，我孩子還要生活呢。

（頓。）

滿妹：那我倆啥時候領證？

（頓。）

劍偉：妳今兒是怎麼了？

滿妹：我覺得你在騙我。

劍偉：我騙你什麼？

（兩人僵持。）

劍偉：你有什麼能讓我騙？

（頓。）

劍偉：（語氣放緩）都這麼大歲數的人了，就不要瞎折騰這些了，我們兩家孩子認可我們就得了。咱倆走到一起算是有緣分，沒了緣分就該分分，該散散。這張證兒其實它就一張紙，靠不住。你說呢？咱倆都有過婚姻，最明白這點。你說是吧？

（丈夫從裡屋激動地衝出來。）

丈夫：咱們去打報告申請結婚吧。我想你！每天都想見到你！我想跟你組織一個家庭。

滿妹：傻子，早就不用打報告結婚了，你活在什麼年代啊?!直接去扯證兒就行（突然害羞）你……真的要跟我組織家庭嗎？

丈夫：我想！……可你介意我大你十二歲嗎？

滿妹：這有啥，我跟我家裡講你，我媽一聽你評上過優秀工作者，笑得可開心了，都覺得你特靠譜兒。還有你寫給我的那些信……我看了好幾遍……我都有收著……

丈夫：那你是答應了？

滿妹：（小聲）討厭，嗯……（大聲）可是！結了可就沒那麼容易離了啊。我可跟你講好了啊，你可別跟那車工三組的趙德雄一樣，跟老婆鬧離婚要扯什麼「要將青春獻給四個現代化，獻給華主席的新長征」，這些結著婚咱也能獻。如果倆人過日子，就踏踏實實過，不許瞎扯理由跟我離。

丈夫：不會的。我想跟你待在一起一輩子，我會讓你幸福的。

滿妹：（嬌羞）一輩子……（悵惘）一輩子……

（丈夫左舞臺下。）

滿妹：怎麼判斷咱倆什麼時候就沒了緣分？

劍偉：緣分這件事情難講，也許幾年後，也許明天。

滿妹：你這不就是騙我嘛?!啥時候覺得玩膩了，就一腳把我給磴了，那我這段日子算什麼?!

劍偉：你也沒少撈到好處啊。每月生活費都我出的，家裡水管燈泡什麼的都是我給修的。上回你去醫院複診，醫藥費也是我給擔的。

滿妹：也就六百塊，你能說上天。

劍偉：是六百四十七塊八毛。

滿妹：瞧你這小氣樣兒！

劍偉：再怎麼樣我們還是兩個不相干的人。用多少我也得心裡有個數，我也怕我會被騙……

滿妹：結了婚，就是兩個相干的人了。

劍偉：不可能結婚的。

滿妹：我不是保母，伺候你前前後後，你那點生活費在北京請個保姆都不一定請得起。

劍偉：我沒把你當保母。但結婚就不必要了，我們這歲數指不定哪一天腳一蹬人就走了。

（頓。）

滿妹：房貸我快還不起了。

劍偉：你的意思是要我幫你還房貸？

滿妹：如果你能幫我還掉這個月的話。

劍偉：楊琳呢？女兒都不幫親媽，找我算什麼？

（丈夫打落身上雪。）

丈夫：這北京連個炕兒都沒有，冷死了。

滿妹：櫃子裡有衣服，你穿上，熬一熬，暖氣費太貴咱交不起。

丈夫：我熬不下去了。你說回北京工作機會很多。我這陣子跑了這麼多地兒，人一聽你快五十了，待業好幾年，還沒文憑，立馬拉下臉來打發你走。現在年輕人本科畢業還可以搞點啥，大專中專畢業也還算有點技能，像我這樣兒的能幹啥呢，算是個殘廢了。

滿妹：所以叫你心氣不要高，工地、司機、廚師什麼的都去應聘看看。別嫌這嫌那的。

丈夫：為什麼非得在北京買這房子。瀋陽不住得挺好的嗎？這裡的房價比東北貴多了。咱在這兒醫保都沒有，萬一生個病都不知道怎麼辦。

滿妹：就咱倆的條件還能在東北找到什麼工作？日子都過不下去了。再說我本來就是北京人，打哪兒來就該回哪兒去。

丈夫：你北京人你牛！你要跳火坑，別連帶著我一起往下跳！

滿妹：就供三十年，我清潔工一個月兩千三，你也找個兩、三千的，咬咬牙。三十年之後咱們就能在北京落地生根，琳琳可以在這邊找工作，然後再找個北京人結婚，日子安安穩穩過下去，我們這輩子也算是苦到頭了，可以享福了。

丈夫：我不知道我能不能熬到享福的時候。

（丈夫轉身離開。）

（回到現下。）

滿妹：沒剩多少了，再供七個月就還完了，我就算真的在北京有地兒住了。

（劍偉睨著眼看滿妹。）

三、有種死亡

（相親公園。）

（傍晚，公園內零星幾人，一旁坐著幾個下象棋賭錢的人，甚是冷清。）

（勁松和滿妹坐在一起。）

勁松：住了沒多少日子，就開始要生活費，對方不給，楊二姐就給鬧大了，硬要對方家裡人給精神損失費和補償，說在外面嫖娼都一百塊一晚呢，她怎麼也跟了那男的三、四個月，多少也該有個兩萬塊可以拿。

滿妹：對方給了嗎？

勁松：怎麼可能！當然不給啊！她就一做雞的。只要跟員警說她是賣淫的，立馬就可以給她抓走。

滿妹：她做雞的？

（年輕時候的楊二瘋子【楊琳的演員飾演】打扮風塵，出現在臺上自述。）

楊二瘋子：做雞的怎麼了？誰不是從正道上走來的呢？你們算是運氣好，我只是運氣差了點。

楊二瘋子：以前我可是廠花，走哪兒都有很多人議論著，去食堂打飯都能製造轟動，就算結了婚生了小孩也一樣魅力不減當年。不管是廠子裡組織的活動還是跟我要好的幾個組織的，我都會參加。就算我不提，他們也一定會自動來邀請我去。可我的業績比他們誰都不差，我可是正經工人，評上過好幾次模範呢。

楊二瘋子：後來？後來他們說我作風不好，讓我先回家等著，每個月給個二七一點五。原先那些關係好的，有些家底厚，出了廠子後路還算不錯。但是他們瞧不起我，嘴上說擔心我負擔不起外面的消費，但其實他們就是看不起我，就是覺得我和他們不是一種人了，我就再也沒有參加什麼活動了。不是說咱們工人是主人翁嗎，怎麼一下就這麼低了呢？

下象棋的人：欸～我這招就叫「仙人指路」，剛柔並濟，殺你個措手不及！給錢給錢。

楊二瘋子：一開始的時候還蠻上進的，參加了一個電腦培訓班，學一些基本操作和打字，打算去一些公司應聘，可是上到半截我就想放棄了，都是十多年沒學習過了，好吃力。咬牙學下來了，拿著證兒去找工作，可是有好多比我年輕多的小姑娘也和我競爭，我怎麼能爭得過她們啊。一連幾次失敗把我的那點心氣兒都給磨沒了，白費力氣，我真的沒用了。

（滿妹扮演介紹人。）

（楊二瘋子與滿妹對話。）

介紹人：姐們兒，你情況我瞭解，這份工作雖說起來不好聽，但是收入高啊，不需要什麼技術和文憑。

楊二瘋子：你看錯我了，我怎麼會是這種人啊。我好歹也是工人出身，怎麼也不能墮落到那個地步啊。

（楊二瘋子來回踱步，似在家中發愁。）

楊二瘋子：沒辦法啊，真的沒辦法。孩子越來越大，上學什麼的都要錢，我丈夫每天念叨我閒在家裡是個廢物。

下象棋的人：欸欸欸欸！你怎麼能悔棋呢?!這不是耍流氓嗎?!舉棋不悔大丈夫。

楊二瘋子：怎麼不能?!我們就是被悔的棋子！現在自己悔自己，怎麼就不行？

（滿妹演繹另一個陪酒女。）

（勁松演繹顧客。）

陪酒女：這客人在廣州做外貿，出手賊闊氣，一下子給好幾百。上次就給莉莉兩千多。但就一點，他愛灌酒，莉莉被灌得人差點沒了。

楊二瘋子：我能喝，不怕。

顧客：錢，我給放這！乾！給我乾！一滴都不許剩！（微醉）錢拿來，錢拿來多著呢！你看，你看看，你想拿多少就喝多少，看你自己！

（混亂的推搡嬉鬧，滿場散落酒瓶、錢幣、煙頭。）

（顧客不停地把楊二瘋子往自己身上攬，動手動腳。）

（楊二瘋子乾掉手上的這一杯。）

楊二瘋子：我丈夫和父母都不太同意我做這份工作，但也沒辦法，囑咐我小心一點。給外邊人說的時候，他們就說我是在北京給人家做小保姆，從來不敢說我在酒店，說是為了我讓我回去好些做人。可是別人也是有知道的，誰知道他們怎麼知道的。

下象棋的人：你這龜背炮瀝瀝拉拉的，煩不煩，小心擠一塊堵你個水泄不通！

（年輕的楊二瘋子下。）

滿妹：我們又好到哪裡去？

勁松：比她乾淨多了去了！這些人在街上一眼就能看得出來，夏天穿這麼少，我都不正眼看她們，覺得髒。

滿妹：你的嘴比這些人髒多了。

勁松：我這還是文明的呢，你不知道公園裡其他人罵得有多難聽。

（老年版的楊二瘋子上，對著空氣自言自語說教。）

楊二瘋子：在這個亭子裡的，這兒坐著一個五十多歲的帥哥，那兒坐著一個是五十多歲的美女。哈哈哈哈哈哈哈哈哈。「我早認識你十年好了，雙楊姐姐，我早認識你二十年好了。」人沒了！還有發小密友變同學，以為你在這兒混一年了，現在回家了，千萬記著別跟他們在一個村莊。一定都說好，一年掙這麼多（大拇指和食指張開大），說這麼點兒（大拇指比劃小拇指蓋兒）。回老家了，貓狗驢狼全跟上。借的時候管你叫奶奶，再跟他要，他成太奶奶了。然後他還說咱二家傻，誰二誰傻啊？人家一年，過著漂流的日子，但是他怎麼想的？他想你在北京大馬路上搓著大元寶。他沒看你受罪，誰的錢好賺。還有老婊子，人前一套人後一套……

（頓。）

勁松：我記得他的名字了，叫浩氣。

滿妹：你那東北的房子值多少錢？

楊二瘋子：在這兒的人，別說離的，別說犧牲的，都受了嚴重的國際刺激。他的語言，各種心情。

（劍偉上，拖著便攜式的音響設備，放起八〇年代的disco舞廳音樂。）（場上眾人，隨音樂狂歡，漸漸入魔。）

全國高中生散文

優選 白佳倫
區間快

優選 杜孟軒
叛便

優選 林子維
智齒

優選 林羽宸
漸淡

優選 林真尹
熱帶魚

優選 陳彥妤
無話可說的夏天

優選 陳歆恩
藏惡

優選 張軒瑜
大富翁

優選 劉子新
無聲

優選 蔡育慈
嫣煮

全國高中生散文　總評摘要

宇文正老師

宇文正老師很喜歡閱讀學生的作品，尤其散文是作者們當下生活的折射，即使從整個文壇來看，散文也最能觀察到社會的脈動。將本次通過初審的一百四十五件作品分類，可歸納成飲食民俗、親情、青春成長、網路霸凌、性別議題、生活小品、疾病書寫，以及筆法接近小說書寫的作品，總共八大類。一百四十五篇作品中，因為有重複的題材，全部讀完有點痛苦。但重讀入圍的十六篇作品後，宇文正老師認為其中有幾篇讓她驚豔的文字，閱讀起來相當愉悅。

張堂錡老師

張堂錡老師指出高中生生活經驗相對有限，題材以家庭與學校為主。家庭方面，親人過世的寫作比較多；校園方面，則有感情以及升學壓力等主題。感情題材上，本次書寫友情、同窗情誼的作品多於愛情；對於升學壓力題材，老師認為，這正是校園或高中生文學獎本來就應該觸及的題材，也只有這個階段的孩子能比較真實地處理這方面的問題。此外，作品中也看到由城市書寫延伸到兒時記憶的題材。

就文體而言，以抒情、記敘類的作品佔大宗，論理作品相對較少——不過也有一些夾敘夾議的作品處理得不錯。老師認為「具體的細節」以及「真實的情感」是散文書寫的重要要素，因此評分時以這兩方面的表現為主，綜合文字、結構等運用去考量。加上因為是高中生組，能在日常中找出新意也是老師比較看重的部分。

曾文娟老師

曾文娟老師比較本屆與上一屆作品，認為二者題材差不多，但今年的文字比去年更好，有幾篇讓老師相當驚豔、喜歡的作品。此外，曾文娟老師觀察到，現在的高中生需要面對父母離異、自殺、升學考試的桎梏、網路霸凌等議題，高中生要顧慮、操心或和自己過不去的事情變多了，讓老師感到心疼。

曾文娟老師

張堂錡老師

宇文正老師

優選／白佳倫
區間快

作者簡介

喜歡數學與文字的女高中生。平靜的生活裡會泡茶、下棋；忙碌的生活裡會彈一首激昂的進行曲，然後喝點溫開水。

我住過很多地方，邂逅過很多人。有天馬行空，也追求自由。

得獎感言

承蒙抬愛，受寵若驚。

感謝評審的認可，感謝家人的陪伴，感謝老師的教導，感謝這個讓我靈感迸發的世界，感謝讀完我作品的你。

每一天晨起都有新的冒險，每一次入夢都帶著新的故事。生活在路上，理想在前方。希望初心不忘，和平鴿長伴身旁。

區間快

「為什麼會有區間快車這樣高不成低不就的存在啊？」背著書包的少女晃蕩著微捲的馬尾走進我的身體，車內乘客平靜的模樣掩過我方才鳴笛的聲音，也掩過少女喃喃的自語。在我的身體裡，時間比清晨的月亮更快逝去。

我不同於對號列車的步履匆忙，也不同於慢條斯理的一般區間車，我不會在隨便的站台停留，但我會為需要我的站台駐足。在我初出茅廬時，前輩就教導我：「你會見到萬千世界的風景，或許一開始你並不知道你正為了什麼疲於奔命，但總有一天，或許是某個風雨後的早晨，你會愛上這份工作。」

少女來到我身邊的時間，正是我奔馳在鐵路上的第五年，是我生命的五分之一，用我所在的這個國家的平均壽命來算，我不過是個十五六歲的少年。但我見過的可多了，我見過一天的破曉時分，也見過無限淒美的的晚霞，我見過上學時學生們昏昏欲睡卻朝氣蓬勃的樣子，也在放學時分見過男孩偷瞄少女的神情……。但我不是很理解少女所說的話，人們接近我時一向很少說話。我看著少女，看著她向我奔來，看著她在我的座椅上平息劇烈的心跳，看著她拿出寫滿少女字體的書，為了自己的未來而努力，約莫是三年吧！我一直這樣看著她。這幾年裡的每個晨起，我都因為將要見到她而雀躍，我認為我已經找到了存在的意義——沒有狂風暴雨、沒有北風捲地，就是在平常的某個日子裡，看見她微翹的髮尖，我是為她而奔跑。直到看著她最後一次來到我身邊，那一抹我曾無法理解的神情。

從那以後，原本充滿期盼的生活變得煎熬，翹首以盼變成了望穿秋水，直到最後心如死水。後來，據駕駛我的人所說，我已經在鐵軌上奔騰了十餘載。在她離去之後，我仍是每日定點來到人們的身邊，只是日復一日、了無生趣罷了。在沒有她的那些年裡，最開始看著在我身邊讀書的人，我就會想起她，我將感官放到那些乘客身後，看看那些乘客究竟體會的是什麼樣的故事、看看人類引以為傲精妙美麗的文字、看看我該如何學習人類的語言……。那些年裡，我學會了閱讀、學會了用寫作表達我的情感、也學會了最初少女喃喃自語的意涵。

其實在我真正了解的時候，我的心已經像我的祖先——蒸汽火車那冷透了的煤爐，再難升起一絲煙霧。這些年裡，我駛過曾經的野地與現在拔地而起的高樓、駛過安寧的鄉村成為黑煙滿天的工業區、駛過遠處過去的茂林如今吹來的滾滾黃沙……，我鋥亮的皮膚已被黃沙磨蝕、泛著酸味的雨盡情享受在我頭頂上的盛宴、我的眼——你們所說的「窗」已被濃煙熏得烏痕滿面、我在狂風暴雨中艱難前行，人們的臉龐終於再也看不到令我心動的神情，我不知究竟為何而疲於奔命？

這一天，我在早晨的露水中前行，或許不只是露水，前一天夜裡的傾盆大雨也留下了痕跡。行經往日的站台，我照舊看看月台上的人群……。電光石火間，我看見一抹陌生又熟悉的面孔，她穿著的鐵路制服彰顯出她駕馭我的權力，列車長的大簷帽蓋住了她那頭顯眼的秀髮，與數十年前的匆忙不同，她如今氣定神閒、神采飛揚。她向我的老友——也就是陪伴我近乎半生的列車長脫帽致敬。原來我已經在這世界上奔波了那麼久，久到曾經春秋鼎盛的車長也到了頤養天年的時候。

正是傷感間，新的列車長已經帶好了簷帽，進入我的身體。我又聽到了女孩喃喃的話語：「最後還是區間快車最像少年，它邁的是自信昂揚的步伐，彷彿不會輕易停止，卻在被需要時義無反顧地駐足，就像在等待不小心落隊的朋友。」我看見簷帽未能壓下的，女孩翹起的髮尖。恍然間，我衰朽的身體似乎煥然一新，重新擁有了生命：我本就是為了幫助別人才誕生在這個世界。在狂風暴雨後的某日清晨，我又開始了一天的工作。

優選／杜孟軒

叛便

作者簡介

寫過幾篇文章，得過幾個小小獎。喜歡吃辣但吃不起。沒什麼夢想的高二生，祈禱腸子不要一直叛逆就好。

得獎感言

上課時偷用手機看到公告時，不敢置信以沒什麼用處還一直壞掉的腸子寫成的文竟可以得獎。感謝評審老師們的眷顧，還要大大感謝龜大、蜻宇跟隔壁班同學。

叛便

長征綿延了百餘里，鐘聲扯開悲劇的幕幔，校門外，身側快步走過的學生；再更外圍，公路上呼嘯的車聲，一輛接著下一輛，一切之中的一切，猶似萬馬奔騰，行軍攻敵。

行走在斑馬線上，和往常下課一樣，沒有絲毫跡象顯示幾分鐘後的什麼，然後在對側人行道站定。

身側一旁，早已分辨不清站牌上印著幾點又幾分，沒有絲毫依據顯示，車子什麼時候才來。

那悲劇究竟從何時開始？

時間16：00，正常來說，公車還有一會兒才到，暗潮洶湧在空氣平靜裡，腹背受敵得渾若不知。在一個沒有記憶點的時刻，像一道道暗夜中的影子，從腹部最深處竄出——沒有任何破綻，幾秒鐘後，我才意識到早已中計。

眾目睽睽四下有人，如此安全的時間地點，我知道，沒人救得了我。四面楚歌，只存下一片絕望。

是誰，誰操弄了這起叛變？早餐時喝了一半的保久乳？或者，中午的辣泡麵？

劇痛在腹部引起核分裂反應，它們迅速擴散開來，我彷彿看見一條條抗爭布條，飛揚在每個神經元上——呼痛聲中，叛軍口號夾雜其內。

「放我們出去！」仍在前進，他們的目標是關口。

「哎，過來阿，在那幹嘛？」幾位好友談天說笑，聲音向著這邊，衝我而來。我沒有說話，心中暗自笑道，他們早和敵軍串通一夥，來個聲東擊西，一邊支開我的注意力；一邊全力攻擊關口。

失修的站牌，沒有絲毫蹤跡的公車，心在下沉，以每秒一百公尺的速度下沉。

腹內的疼痛又一次翻湧起來，我蹲在牆腳以手摀著，咬緊牙根，強忍過這波不適。接下來的幾分鐘，我就這樣旁若無人地，試圖以微小的括約肌，抵擋長驅欲出的叛軍，一波接著一波。

像是上了七節課後，公車才心不甘情不願地駛入站牌，我勉強跨上車，刷卡後坐定，腹部的疼痛不再那麼明顯，稍稍平息了些。

儘管如此，我知道，這只是暴風雨前的寧靜，敵軍主力還在後頭，絕不能掉以輕心。

其實，像這樣的情況早就不是第一次了，因為腸胃不好，即使天天吃藥，仍時不時會像今天這樣。於是只能強迫自己打破認馬桶的習慣，在學校或其他地方解決。

下車前一刻，腸子再度不安份了起來，手扶著欄杆就算借座椅之助力，也漸漸顯得不支。我能感受到，叛軍在司機橫衝直撞下，已經躍躍欲試，呼之欲出。

眼見硬碰硬已不是辦法，我試著放下身段，改為哀求，心中默禱著，求它們再等一等，等一會兒就快到家了，到家以後要殺要剮，悉聽尊便。

有那麼一刻，腹部沒有一絲動靜，差點以為適才的乞求奏效了。直到我發現公車站在不遠處，司機卻仍不減速……，敵方戰馬跑成了一幅幅人生跑馬燈，眼前呼呼奔馳的，不及一一審視，公車刷地停下，尖銳的煞車聲迴盪在狹小的空間中，我感到一股前所未有的力道衝撞著身體，情急之下，我順勢向車下大步跳躍，不能停下。一步步慢過前一步，直到那駭人的感覺消失，完成一次驚險無比的緩衝。

從這兒到家，還有近十分鐘的路程，紅綠燈識相地讓了道。每走一步，沉重的負擔都在哀號，於是我嘗試小跑，或許這能縮短痛苦持續的時間。

起腳、蹬腳接著跨步向前，就在腳板著地的那瞬間，我緊緊閉上眼睛……。

心在急速下沉。一切好像都在這一刻塌陷了，我該以什麼樣的姿態回家？路人看到又要怎麼辦？

闕口，淪陷了……。

下一秒，一股奇特的感受浮上心來，某種器官正在收縮，物體在移動。我扭頭一看，心中一萬個幸好，剛才腦中浮現的千萬種畫面都未出現。

括約肌向我伸出了援手。

踮起腳尖快步行走，盡力避免身體大幅度的起伏。直到離家門僅有幾公尺處，我抬腿快跑起來，一邊甩過身後的書包，抽出鑰匙，將書包隨地扔下，不及關上大門，沒有脫下外出步鞋，四步併作一步飛奔上二樓，踹開廁所門，扯下褲子。

轟隆隆隆——。

我甩上馬桶蓋，頭也不回的離去，身後，叛軍的慘叫聲在水師圍剿下，漸次隱沒在我舒暢的心情下。

叛軍的政變，又一次失敗了。

優選／林子維
智齒

作者簡介

林子維，二〇〇五年夏末出生。即將前往風城讀書。喜歡文學，寫散文、寫詩。總是想要把些事情記下來；但總是太快遺忘，後來想起的時候就都變了。曾獲台中及新北文學獎、武陵全國高中文學獎……。

得獎感言

以前總以為，自己只是想用文學，把過去曾發生過的事情記錄下來，密封保存。是慢慢寫、慢慢寫才發現，寫完的同時，面對了過去也放下了過去放不下的自己。得獎前的兩個禮拜，我的四顆智齒也都拔除了；但妳還會住在記憶裡很久。

智齒

媽，妳知道我剛拔掉右邊的智齒嗎？

到學校附近的一間牙醫。拍完X光後，醫生很輕鬆的告訴我，你兩邊的智齒都長出來了，右邊齒槽小，沒有適當的萌牙空間，會推擠鄰牙，需要快一點處理掉。

預約兩週後的手術，拿了麻醉、手術同意書，做好告別的準備。

「好羨慕你喔，聽說智齒越早長出來的人就越聰明欸。」朋友半調侃式地說著。那拔掉後會變笨嗎？我竟然有這樣的奇思異想。

長智齒真的是比較聰明嗎？消毒完口腔後的我，躺在診療椅上思考。網路只說因為智齒長出來的時候，大部分人都開始擁有自己的想法，以及對生活的智慧。

有自己的想法？是智慧，還是煩惱？很難定義；但確定的是，我開始寫作，得了獎，也必須定期做心理諮商，甚至要吃點藥才能停止焦慮。但是母親，妳不用擔心，雖然有幾次，藥物讓我無法思考，但我都挺過去了。

「你要留下嗎？」手術後，醫師詢問。

血絲黏著智齒的兩隻小腿，橫躺在鐵盤上。我決定留下，當作紀念。

怎能不紀念一顆牙呢？

記得國小老師教到孝順這一課時，講到母親懷胎的辛苦。她說，胎兒的骨骼發育必須仰賴母體提供的鈣為原料，當母體鈣質攝取不足時，寶寶會轉而吸收母體的骨鈣作為成長的養分，所以有「生一個孩子，掉一顆牙」的說法。是呀，母親，我的牙齒、骨頭、血肉，都來自妳。

那時應該是五歲，一顆門牙開始搖晃那天，妳決定離開，那是我最後一次見到妳。那天妳一身飄逸的長裙、無框眼鏡。或許太久沒看到妳，我努力地呼喊，可妳始終都沒正眼看我，隨意一瞥都沒有。甚至當我哭啞時，妳依然面不改色。然後，我的生活就再也沒有妳了。

沒有妳的日子，我的乳牙一顆顆掉落，我也隨意一顆顆丟棄。某一次到同學家，見到她展示一個個綁著黃絲帶的小玻璃瓶。「從小到大，掉的每一顆牙齒，媽媽都會幫我保留下來。」她說：「上面還有每顆牙掉落的日期。」

母親，其實，我很害怕某些日期。例如，母親節。

「我們今天要來寫母親節卡片喔！」每個母親節，老師們總吆呼著每個小朋友，將自己想對媽媽說的話都寫上去。每個人都寫得好多好多，也會很興奮地分享給老師，每次聽到他們的媽媽有多麼的愛他們，心就酸酸的，彷彿每張卡片都聽得一清二楚，連它都替我難過。我只有卡片但沒有母親，每次向老師問起：「老師，可是我沒有媽媽？」老師總說：「那就寫一直照顧你的人吧。」所以，我每年我都有兩次的父親節。

知道妳有了自己的家庭，我想辦法不去找妳；但我仍常常想起妳。像一顆無用的智齒，曾經與我一起咀嚼成長的滋味。沒有妳的滋味，有時苦、有時澀、有時鹹，那是我無法阻止眼眶決堤的時刻。但還好，我的防洪能力越來越強，所以母親，妳可以放心。

同學說，被拔除後的智齒有一個作用，可以送給自己的愛人，代表即使疼痛、流血，還是堅定地去待在一個人的身邊。

我想把智齒寄給妳，即使那是一顆牙，如同醫師形容的，不需要的存在。

那顆被拔除的智齒正躺在陽臺中，看著天光、白雲，等待被完全地曬乾。或許，它正在等待，有一天可以被寄出去，成為需要的存在。

優選／林羽宸
漸淡

作者簡介

筆名弦憶，二〇〇四年出生，就讀臺南市黎明中學；高中的旅途將告一段落，而大學生活則即將啟程。

得獎感言

高中三年的投稿以紅樓文學獎結尾了。

想在這裡再次感謝陳麗珠老師、黃清琦老師、黃惠章老師，還有黃子芸老師的教誨。是你們引領我認識文學，我才得以找到歸屬。

〈漸淡〉寫的是青春，是我與國小朋友隱密衰微著的友誼。在畢業前夕寫下這一篇，其實有點警示自己的意味：好好珍惜友情，並把握住它。在還來得及的時候。

漸淡

雪白的，映照著珠光的小傘裡，我們擁擁擠擠地將自己縮小，把自我塞進了這個過分窄小的空間。

這把小傘容不了我們四個，我們都知道。但我們還是擠了進去。一人擠進去了四分之一，等於每人有四分之三的面積濕淋淋，以一種無以預防的速度受潮，然後在美術教室的簷下駐足，感受著彼此身上那點雨的氣息。有點冷，有點青草香，又有點幸福。

其中一個女孩將傘收攏起，對著地板甩了甩，紅磚地上的雨水一下就暈染開來，在上頭留下散落的痕跡，像記憶的模樣。接著我們沉默了會，望了望眼裡彼此狼狽的樣子：四頭濕髮，四套吸飽雨水的學校制服，不停有滴滴答答的水珠沿著已經看不出有百褶的裙襬落下。

這時一個女孩突然擰起了衣服，大量的水直直被擰壓而出，我們都靜靜看著她的動作與懊惱的表情，直到她停止，皺眉瞥我們一眼：幹嘛。然後我們突然都笑了起來，清脆的聲音讓人想起夏日的風鈴掛在門廊上叮叮噹噹響。雨天突然沒那麼陰暗，雲層收攏消散間陽光斜斜地透了出來，沒有灑在我們臉上，但灑在了胸口那四顆悸動的心。

我們打開門，走進教室裡，已經開始畫畫的同學們抬起頭，緩緩遊走在六張桌子間的美術老師也抬眼看我們，眼裡皆是驚詫。你們沒帶傘？帶了。女孩接著笑瞇瞇地拿起藏在身後的傘，我們互望一眼，眼裡的笑意漸深起來。

老師沒讓我們直接就位，而是能預見未來般地拿出了備用的毛巾，但四人份的水分顯然超越了一條毛巾所能承受，我們交互著把臉上、髮上、手臂上的雨擦乾，但沒擦幾下便要再次將毛巾擰乾。這簡直是一場大災難。看著被水漬染濕大片的地板，彷彿能聽見老師的哀號。女孩們的酒窩陷落成一個淺淺的水窪，那裡頭有著調皮與歡快。

而在那後來，我們在老師憂愁的目光下就位，一本課本一盒粉彩都沒帶的我們被扣了分，但我們還是很快樂，彷彿那成績我們真的就不會再在乎了一樣。再更後來，我們畢業，我們升學，我們各走各路，然後遇見了與彼此相像又那麼不一樣的人。有了各自的交友圈後，那把小白傘也慢慢地舊了，雪白褪成乳白色，接著是米白，再接下來就被棄置在倉庫的一角，成了灰撲撲的一個形象。

然而，那個雨天給我的印象仍舊深刻。我還記得雨勢，記得從中午開始的傾盆大雨慢慢漸弱，放學前已經出了太陽，但太陽雨裡我們仍躲在那把尚且雪白的傘下，仍然只保留了四分之一的自我，其餘都溶進了細細的雨中。我不知道她們對我的看法，但我還記得她們的名字，只是至今一個已經沒有了下落，一個高中後取消關注我，一個在學校看到偶爾也會打招呼，但也僅僅是這樣了。揮手，哈囉，緩慢擦身而過，然後加大步伐。

我們的青春是一個故事，是一個篇章，但它沒有轉折。

緩緩冷淡，漸漸遺忘，這怎麼能算是一個轉折？只是年輕如我們，當初在與對方搭話時誰也沒想到更遙遠的以後，貪食的孩子們，只會專注於眼前的甜美時光。在那一段時光裡，就連雨嚐起來都有股甜甜的味道，後來回憶才想到，甜味應該是來自其中一人借給我的草莓唇膏。

直到最近，難得地整理了一回倉庫，在許多錯置交疊的雜物間看到這把被壓得乾癟的傘，顏色乍看成了鐵灰，拿起來抖了抖，又成灰白。不禁詫異於蒙塵的速度，甚至是各種新的生活片段將舊的回憶所深埋的力道，似乎也不容小覷，才過不到十年，世界就變得這麼不一樣。

青春來得快，去得也是既迅速又遙遠，一下子就抓不住它的尾巴，一如我們再也難以認出彼此。我還是偶爾會看見通訊軟體的主頁有昔日認識的那些誰，看見有的生活光鮮，有的不再笑過，但總歸都已經變得陌生了。我好猶豫，好徬徨，好想說聲近來好嗎，那剩餘四分之一未受雨淋的心，卻也已不再陽光普照。

走出車庫，把傘打開後我握著手柄轉動幾圈，粉塵立刻精靈似的飛舞在空氣中。我邊摀著嘴巴，邊望著那景色，粉塵在陽光下，像是那年後黯淡的珠光。

優選／林真尹
熱帶魚

作者簡介

愛貓愛狗又愛哭，討厭雨天討厭香菇。

得獎感言

謝謝評審老師的青睞，親愛的爺爺，我愛你。

熱帶魚

七歲的時候，我想成為一隻不會融化的熱帶魚。

那幾年夏天像易碎的夢境，細微末節被時光切割成斑駁的片狀，每一片都閃閃發光。猶記落雨的傍晚、放晴的午後，夏日四十度的熱浪撞破窗櫺，溫煦暖風竄進巷口轉角的花店，風鈴晃蕩使流年叮叮噹噹的響。

彼時的他身形尚未佝僂，眉宇間盡是舒張的溫柔，每天梳著一絲不苟的中分頭，髮梢仍是烏溜溜的黑。放晴的午後他牽著我在家附近的街道停停走走，約好以那間不起眼的小型水族館作為折返點，卻總是拗不過我任性的脾氣和水汪汪的眼睛。記憶是一張濕透揉皺的紙，細節被雨水漫漶成醜陋的淚痕，理所當然我已記不清那間店的魚缸裡裝著什麼魚，只記得七歲的我喜歡看熱帶魚，但踮起腳尖依然搆不著魚缸的底緣，而他輕而易舉把我抱起，靠在他的懷裡雙眼映出斑斕的水波浮動。魚兒魚兒水中游，我開始夢想成為熱帶魚。

下午四點是午睡時間，印象中他從來沒有耐心的把我哄睡，總是看著我鑽進被窩然後就輕輕掩上房門而去。偶有幾次我夢中驚醒，忍不住躡手躡腳跳下床，藉著門的罅隙往外偷窺。客廳裡沒有人看的電視音量轉到最小，他在廚房忙進忙出，從紅白相間的塑膠袋中拿出一條魚，剁，剁，剁，刀與砧板碰撞的聲音重重敲碎我的夢境。那該不會是剛才魚缸裡的魚吧？簡直比午睡的惡夢還可怕。

但他總是能發現被嚇醒的我。他從廚房裡走出來，濕漉漉的雙手拿了芭樂和蘋果，下午五點的陽光斜射，那張不苟言笑的臉一半藏進夕日的陰影裡，他問我今天想吃什麼水果？

我每次都選蘋果。

童年裡為數不多和爺爺相關的記憶戛然而止。模糊的青綠色散開又聚集，熟悉的幾個場景像電影慢鏡頭般逐格播映，折返的水族館、關不緊的門、融化的熱帶魚，陷入沒有盡頭的莫比烏斯環。那幾年夏天像洗壞的富士牌底片，泛白且蒙上一層淺淺的米黃，有細碎的噪點，有失焦的光。踏入校園以後再也沒有這樣的夏天，學校和水族館方向背道而馳，某天心血來潮特地繞路前往熟悉的巷口，才發現熱帶魚早已被汰換成新開幕的餐廳。

說來好笑，其實我和爺爺一直都不親。縱使七歲以前的夏天總有他模糊的身影，但我愛他和他愛我的方式都愚鈍，時光荏苒後我們成了同個屋簷下陌生的親人。去年年初他生了一場大病，在春櫻正盛的時節臥病不起，爺爺本就不是身形偉岸的男人，大病一場後變得更加瘦弱佝僂，說話也有氣無力、連坐著都會喘。於是我開始不敢看他迷茫的眼睛，不敢看他花白的髮梢和一夕之間垂垂老矣的病態。

他就這麼一路從春末病到了初夏，萬物葳蕤復甦，襲上枝椏的翠綠鮮明晃眼。那個週末午後安靜的只聽得見樹影錯落搖晃的細碎聲響，陽光把室內烘得暖洋洋，我午睡剛起，家裡空蕩蕩，爺爺坐在沙發上對著無聲的電視打盹。洗成荷葉邊的白色短袖皺巴巴的，好像很久沒有看過梳妝整齊的他。

水缸裡的熱帶魚最後是不是也成了砧板上待宰的魚？答案逐漸模糊不清，十年前硬朗的男人與眼前衰老的爺爺本質無異，被時光長河洗盡鉛華後慢慢老去，我發現我長大的速度總是在追趕他日復一日被侵蝕的記憶，我開始害怕他總有一天會不只忘記七歲以前的夏天，還會忘記我。

初夏的風吹響陽台的風鈴，逝去的流年叮叮噹噹響。爺爺睜開眼睛，站在原地發怔的我恰巧撞進他模糊的視線裡，他迷迷糊糊開口，沙啞的聲音和失焦的瞳孔，睡眼惺忪的模樣好像只是睡了個午覺，醒來時依舊是多年前的夏天。

他問我，今天水果想吃芭樂還是蘋果？

記憶裡酣睡的夏天永遠燦爛，傾落的陽光都像碎金，熱帶魚融化於熱帶海域，最後我只成為砧板上的魚。那幾年夏天我和爺爺曾經牽手走過無數街巷，共嚐同一份無須言語的親喔，溽暑的光永遠不會散去。

「我想吃蘋果。」我聽見我的聲音融化在五月的風裡。

優選／陳彥妤
無話可說的夏天

作者簡介

就讀於馬公高中。
段考前總是靈感泉湧。
希望學校五樓可以開落地窗。

得獎感言

感謝評審願意給這篇作品機會。我會再接再厲。
希望有天可以打造霍爾頓喜歡的那一款玻璃櫃。

無話可說的夏天

總而言之無事的夏天總是美好得無藥可救。

顯然那時我們並不全然無事可做。明亮的陽光包裹著昏昏欲睡的我們，充滿存在感的作業沉積在書包或架上，染著沉滯的夏日氣息。用可以說是不見棺材不掉淚的勇氣，百無聊賴地運轉著筆尖，把題目壓榨成一個個無聲的應答。我們當然知道時間就是這般無意識地遠走高飛。

二人的風景和孤獨的窗有著本質上的不同。儘管注視著那風景，總讓人懷疑是否時間連同天上輕揚的雲朵，忘了應有的流動。當然不是。這些年來店家開了又倒，幾棟高聳的建築從低矮的房舍之間竄出頭。儘管如此。畢竟是夏天啊。就是這麼回事。朋友點了點頭，陷入短暫無意識的睡眠。

音響忠實地運作，甜美的音樂緩緩流淌，我一手按掉，讓並不寬敞的空間回歸沉默。畢竟是夏天啊。畢竟是毫無破綻的夏天。陽光正毒辣，下午街上靜得不可思議，好像人們都沉沒到另一個世界似的，拉開窗簾時微塵帶著絕對的意志，睫毛劃開睡眠的界線，光灑進眼裡昇華了琥珀色，我回過頭看他醒來。

「下午要出去嗎？」貓伸了個懶腰，再度窩成無懈可擊的形體。

畢竟是夏天啊。

對我們來說青春就像這腳下輕淺的海水吧。我們身為人的厚度、人生的深度在這十幾年中並沒有累積多少。眼界也是。有的只是無所謂了的心情，決定快樂活下去的純粹的意念。畢竟我們需要花力氣什麼也不想。讓雪白的浪花沖刷過所有憂愁的軌跡。用一道鎖鎖住蔚藍的深淵，然後用力把鑰匙丟向粼粼波光背後的昏沉世界吧。

當然我們並沒有真的這麼做。所以才會在吹著海風的同時默不吭聲吧。

陽光灑在皮膚上清晰地灼熱著，而我們誰也沒有移開，面對真正至關重要的事我們堅決移開視線，所以此刻才會這樣無言地坐著，凝視杯壁的水珠吧。

但我們毫無疑問是幸福的吧。

我問他：「你相信前世嗎？」他回：「為什麼？」

我叉起一塊薯條，拿到眼前晃了晃，香料撒了下來，我把叉子擺了回去。

「我想去相信，很久以前我也曾經站在美索不達米亞的草原。」他攪拌著冰沙，沒有接話。

不只如此。我還要我曾經踏上某座蒼白的山巔，冰雪飄搖的那種。或在秋色濃重的森林裡踩著枯枝，踏過斑駁的日光。或者是在一片璀璨深邃的夜空下和某人並肩看著遠處沙塵般的燈火。天亮時要是幾乎透明的青色。換句話說，我們期待構成人生的碎片美麗絢爛，所以才把夢妝點得那樣多彩。

他還是沒有說話。我也不再等待回答。在我們拿出小說的那一瞬間誰掐斷了對話的脖頸。在冰塊融化之前沒有人會醒來。

愜意的春天，我們換成短袖。在陽光和煦的日子，在音樂被迫沉寂的課堂上，如果我恰巧坐在窗邊，那時的記憶便守約地浮現。明明是不久之前的事，回想起來卻好像隔著一層海面上的霧氣。一切景物在眼前鋪展開來，卻失去了某種尺標，某個維度被壓縮得不復可見。明明那時的我和現在，個性上並無不同啊。

好吧。是我不願意承認。在我所無法覺察的某處，一定有什麼改變了，在我這個概念的深處，在我掩埋一些寬廣得無法思考的事物的地方。我糾結過、掙扎過，然後漂亮地把整理不乾淨的東西通通掃到角落裡。新的班級有新的秩序，我們分開。儘管如此，我交到新朋友，適應了不同的環境，競選班級幹部，著手面對一波接著一波的考試。

沒什麼好抱怨的。所以我們用沉默的靈魂說著無心的話語。理所當然。我們誰也不傻，只是執意傻一回。而我們現在清醒了，或者說，那個不擅長所謂明確目標的自己已經沉沉睡去。在安穩美好的那個夏天。

我做得很好。我是認真的學生，努力考一間不錯的大學，試著找到一份不錯的工作。這當然是可喜可賀。

畢竟我們知道，那些情感氾濫，萬物熠熠生輝的日子總不會回來。

我相信我曾經在浪花綻開的海岸，踩過海鳥開展的影子，走在某人身旁。我們看著海，看著平和的小鎮，想著某些遙遠模糊的事。我相信。

優選／陳歆恩
藏惡

作者簡介

筆名暖暖／天線色素。

正在學習寫詩與散文，正在與數物化打架，正在思考晚餐要吃什麼。

得獎感言

感謝評審老師們的肯定，感謝超吵的鍵盤陪我度過每個苦思的夜半。

對了還有謝謝小芭，因為她總是聽我分享那些甫出爐的文字。

藏惡

匿名的我們匿名著惡意，因為所有通訊軟體都無法發送受傷的眼淚至那些釀造狡黠的帳號。

青軸鍵盤清脆的音聲敲擊在午夜時分亮得刺眼的電腦螢幕上，「正在輸入」的符號，扭曲且挑逗著寂靜的空氣，我默默地看著一則又一則浮出水面的留言，它們探出頭，帶著黧黑的邪魅笑容，凝視我的詭譎眼眸反射出無形的傷痛。

那是約莫四年前的夜晚了。

當時，我跟著風潮，在一頭熱的心情下，開啟了YouTube頻道，展開我的影片創作生活——於今回想，那時的我屬於不太成熟的創作者，無論是從軟實力或是硬實力來看。但即便有許多不足，我仍然興致高昂的拍攝、剪輯影片上傳頻道，為的是以一種對我來說新穎有趣的方式，分享日常與回憶。

我在頻道上分享的內容，無非是一些生活足跡，時而是零食開箱，時而是旅遊Vlog，但最多的還是關於我心愛的寵物鼠的日常。儘管內容並不非常豐富有深度，甚至可以評價為有點瑣碎，但我還是為此收穫了一小群訂閱者，這使得我的成就感大增，尤其是當觀眾稱讚我的寵物很可愛時，自豪的心情轉化為我製作影片的動力。

可是，我的寵物鼠，竟間接將我拉入惡意的沼澤。

事情要從一則指正我給寵物鼠所住的住所不應使用金屬製鐵籠的留言開始說起。起初，這僅是善意的提醒，但，原本的好意叮嚀，在經過幾個或許是不滿、或許是抱持惡作劇心理的留言的推波助瀾下，掀起了喧擾，混濁了頻道，朦朧了我的雙眸，也許是第一次遭遇到這種事，當時的我並沒有採取任何行動，僅是任由這些閒言碎語孳生在頻道的留言區。

可，那些留下的言語，從一開始的指教，漸漸發酵成為訕笑怒罵，一句句諷刺指責排山倒海而來，有些人責罵我虐待小動物，有些人嘲諷我根本沒有資格養寵物。

我認為我的確有錯，錯在我應該接收更新的寵物照顧的資訊，而不是以舊觀念去對待這些小生命，但在我發布更換寵物鼠住所的影片後，正向或負向的指正指責並無減緩它們生長的速度，反而愈發地繁茂在我的頻道。

那些原本還瞧得見輪廓的犀利詞語，轉變為模糊焦點的謾罵。可，也許我太懦弱不懂得如何解釋，也許我不夠成熟不曉怎麼澄清。總而言之，由於我無法將這件事情止血，於是每日當我打開社群軟體時，負面流言如強勁巨浪打來，我向後倒去，擱淺在泛淚的海灘。

後來，因為我無法忍耐這些流言蜚語，便將頻道刪除了。一招眼不見為淨，將自己豢養在無聲的屏幕後，任由眼淚滋長，腐生出一處聽不見嬉笑怒罵的小巢。

而現在的我明白那是一種逃避，並沒有實質解決問題，但真正遇到了漫天飛揚的罵聲，且千夫所指成為眾矢之的，或許我們都想尋覓一個寂靜的洞穴去舔舐傷口。如今再回想，接受無理批評的傷感與刪除頻道的不捨，早已鑄不成一把足以刺痛我的利刃，它們無法劃破新傷痕於我今日的面容，可，有些破在深處的無口的裂，將我烙上了一個心有餘悸。

那已經是過去的事了，就像老生常談，讓時間去沖淡吧。我很想這麼說，不去責怪誰對誰錯，因為是是非非的傷疤早已無法辨認是出自於誰的筆刃下，可風乾的淚痕在我眨著眼睛、在我勾動嘴角時，還是會帶來一抹牽制的撕扯。

或許只能期盼，匿名的我們，能打磨手上的利器，鈍化，恆不能傷人；藏惡的我們，將惡意深深埋在心裡，關押，永不見天日。我無法制止那些留言的冷嘲熱諷和謾罵的群起圍剿，因為我們都躲在匿名的面具後，隔著螢幕，或默默地投擲、或吃吃地笑看那些飛出的暗器，一次次斬殺某處的心靈並落下一灘又一灘的淚水。

鍵盤的起伏如雨點灑落在我的心緒之上，打濕並沉重了那些紛飛，有些曾經的片段在我的生命裡早已更新，但所有感受卻仍歷歷在目，而與我的過去相同的劇情此時此刻也正放映在世界的各個角落，現在的我們不一定參與其中，卻是隨時可能會捲入這噬人漩渦的，哪怕只是沾濕了衣角。

匿名的我們匿名著惡意，但惡無處可消滅，那麼，請深深封印它吧。

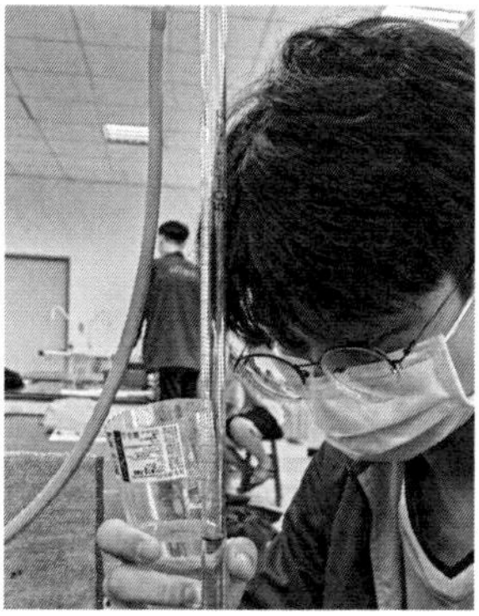

優選／張軒瑜
大富翁

作者簡介

十六歲，目前就讀新營高中。

因好奇接觸寫作，國中時期開始參加許多作文比賽，高中進一步提升寫作能力，初次投稿文學獎，從此喜歡寫作。

得獎感言

感謝國中國文怡如老師開啟我的寫作之道，感謝高中國文聰宏老師教導並協助我完成這篇散文，感謝身邊人的支持鼓勵，並且感謝母親，始終支持我，成為我堅強的後盾。

大富翁

清脆的骰子掉落聲，多少美麗的童年，喜悅的笑容綻放，遍地開花的趣味，每個人的童年，彷彿皆有一段如這樣的體驗，一段投擲骰子，抵抗命運，把握機會的歡樂童年。

仍記得那道閃爍的光，在那微禿的重山間，留下了四人的合影。懷念的那段時光，彷彿一方寬廣的世界大富翁地圖，四只棋子並列其間。地圖倏地撕裂為二，棋子散落，不見了。「離婚」是棋子墜落的聲響，淚水在眼眶中滾滾躁動，洶湧迸散出我的眼眶，涕泗縱橫，在夢裡。「這只是場遊戲！」，抽到機會卡就能重新並列前行了！

彼時那道黯淡的光，在微禿的情感間，映照四個空虛的世界，可是機會卡，是冷酷無情的。我的父親擁有「監護權」，但媽媽只擁有探親權，然而最心酸的是，爸爸幾乎為了婚姻的破碎飲酒墮落，而媽媽守著卑微的權力，做最大的事——舉凡休假日，她總會在約定好的時間出現，帶著我們回到租賃的小公寓，那空間狹小卻充滿家的氣息的公寓。每天只要想到能在媽媽身旁，便有了安全感。大富翁遊戲開始，我們三人的微笑，便永不停歇。

貌似凝聚的光束，卻迎來了黯淡的交錯，無心機地讓棋子前進後退，難料的是人卻滿是心機。彼時我的生日即期，為了慶生，媽媽「佈」了一場旅行，迎著晨光，準備旅行，誰料我們卻不幸地被困在高高的十層樓上，我胃在翻攪，心跳在奔馳，客廳外的大門碰碰作響，怒氣在風裡鼓動。敲門的不是他人，是爸爸。門把如車輪快速轉動，怒吼聲不斷軋著我們，客廳外傳來的聲響，穿透進恐懼的耳裡。媽媽試圖平緩我們的情緒，張開大富翁的棋盤，便開始一次遊戲。不知何時，尖銳的鳴笛聲傳來，我們好像大富翁的監牢裡——上了父親的車，等著一方格的囚禁。人心隔肚皮，我們看不出究竟是母親意圖綁票，還是父親酒後鬧事，只知血淋淋的命運，在擲出骰子後，就揮之不去。

好幾年過去了，光線黯淡了，但對大富翁的熱忱，卻依然沒有減去。每逢假日，媽媽都陪我們玩，有時即便陷入命定的困境，她也總是用僅僅一張機會卡，讓自己扭轉劣勢。片刻不離身的大富翁，是我憂心煩躁時必備的解藥；無時無刻不玩的大富翁，是我段考前神遊的美妙境地，數張房地契約，是我認為的必勝關鍵，但常常在購置許多房子時輸下一把一把對局，連堂兄弟和爺爺都對我嗤之以鼻，猶記得爺爺一句調侃：「買那麼多房，是給你那無殼的母親，換一棟公寓嗎？」刻薄的言詞，卻是真實的命運。

擲完骰子，我們還是得繼續前進，忐忑地猜忌著四個人的笑容。有一晚，玻璃的碎裂聲響徹整個家，我只能眼睜睜看著我們四人全家福照被劃上一刀，深深的隔閡，切開我們四人，和藹的母親變成了心中半信半疑的嫌疑犯，曾慈愛的父親變成酗酒不受控的瘋子，甜蜜的婚姻變成照片裡那座寸草不生的山，銳利的玻璃碎片鑿出那道道的深壑，四散的我們無法再次相聚，無力卻渴盼著，抽取一張機會卡，重新帶來一線生機。

翻開機會卡，難得一次抵抗命運，機會卡背面寫著：回到起點。我的包包內夾著一張缺角的照片和一張棋盤。我把照片捧到手心，缺口的地方，本應是爸爸，媽媽把它剪去，並在裸露的山脈補上綠意。持續地修復，笑容不僵了，景色不空了，缺口，不在了。現在，我也看不見「離婚」的可怕，我只見到母親始終為了我們付出；現在，我明白人生如同遊戲，在擲出骰子的時候便無法撤回，只能像母親一樣彌補。再一次，我張開大富翁棋盤，很多契約早已變了樣，接續的未來，充滿了機會，媽媽抽到命運總能勝出，我是這麼想的。

光陰遞嬗我們前行，擲下的骰子帶領我們走向彼方，依然蹦跳在無盡的大富翁裡，開啟三人無止盡美好的旅行。此刻，我知道被割捨的是那段不盡如人意的過往，僵直危險的關係，和自始至終冷嘲熱諷的話語，恆存的是照片背後，文字的最後一行——孩子，我永遠愛你們。

優選／劉子新
無聲

作者簡介

二〇〇五年生，嘉義女中二年級。喜歡一切閃閃發亮的東西，有一隻名叫諾貝爾而且有點愛咬人的貓，夢想是每個假日都可以睡到中午十二點。

得獎感言

謝謝評審老師，也謝謝我的爸爸媽媽爺爺奶奶，和一直想登上我得獎感言的C同學。這個月真的好幸運喔，有很多好事發生。雖然每天六點起床通勤的時候真的很想咒罵全世界，但是能把這些情緒寫成文字本身也是幸福的事，當然更幸福的是這篇文章竟然得獎了。總之我真的好開心喔。

無聲

舞台上的人把麥克風對上了音箱，整個世界都在咆哮。

尖銳的頻率摩擦耳膜，痛覺鮮明。台下有幾百個座位，每個人都面容模糊，除了舞台全是昏暗一片，我分辨不出他們是否齜牙咧嘴甚或低聲咒罵，我只感覺到在哮聲低啞以後，隱約的高頻音調仍在我的耳邊留了下來。

總覺得耳鳴和時間都是一種痛覺、一瞬燃燒過就要灼傷。

踏出學校禮堂我和林蟲抱怨耳朵很痛，他似乎沒有聽到，自顧自的說下一堂課是數學小考。

我尚未準備，實際上我是記得有這項考試的。可昨晚實在太累，我連睡衣都沒換就睡了過去。

對於不擅長的科目要裸考實在有傷自尊，風扇慢慢的轉，我連題目的數學符號都看不懂。考卷空蕩蕩的，畢竟題目留下了一大片空白的計算區域，而我只能抄下題目給的條件，短短幾個數字一個符號後就無從落筆。

我揉了揉耳廓，考卷上要求計算放射性礦物的半衰期，我畫了一個大岩石，在一旁再畫一個小岩石和小小岩石。再繼續畫下去很快就會小得看不見了，變成一個墨點，像是老舊影印機的碳漬。

考卷在鐘聲後被收走，我還沒有寫完，因為我的岩石最後還沒來得及乘以題目那些冗長的字母與數字，我沒能憑藉荒謬的圖案推論來得出A、B、C、D其中一個選項。

考卷要把概念泛化成一個題目，再把答案泛化成一個選項。我看著科長把考卷對折準備拿去辦公室，風把沒有關上的門用力甩上，鐘聲響起又是另一節上課，精神恍惚的我莫名覺得自己也被泛化成一個模糊的形象，塞進一堂又一堂逃離不了的課程，是我或者不是我都無所謂，只要看著時鐘計算離下課還要多久，只要一直坐在座位上，不是我也沒有什麼關係。

我轉頭想和林蟲說些什麼，他看起來也昏昏欲睡，說了話他卻沒有聽到。原來是帶上耳機了。

白色的無線耳機塞在耳朵裡真的很容易忽略，就像我的聲音飄散在吵雜的教室裡。耳機的重要性在於想要安靜的暗號，似乎有時甚至更甚於音樂本身。我經常錯過暗示，話語也就經常被錯過。我懶得再說一遍。

坐在教室裡我總在思考從前和未來，想這間教室也同樣囚禁了很多學生一年，嚷嚷著這種破日子再也過不下去的學生跌跌撞撞的過了一年後又換了間囚室，然後平凡的長大再老去。

普通人的日常好像就是輾轉的被困在很多地方，家、學校、職場。總歸是被困在時間裡。學校的長廊風灌進來，秋風颳來落葉颳走時間，若是時間和聲音具體化，沾染髒污的石階、上頭帶著無數刮痕的磁磚都被粗糙的時間磨過，發出啞啞的雜音。

近來越發看不清黑板，近視有點惱人，因為是種慢性剝奪，戴眼鏡也是一種剝奪。我很想努力去看清楚每一個東西，可是我甚至經常忘記這個想法。

學校門口便是夜市商圈，晚上會有好多人蜂擁而至，相互推擠，要和旁人溝通就得耳語或者大聲喊叫，也有許多人仍然戴著耳機。

每每經過，就覺得那處分明是很吵鬧的，卻又好像沒有任何聲音。因為我們好像一直都在說，卻沒有人在聽，都在創造，卻沒有人觀察。

因為社會好像獨愛那些創造者、領導者，聆聽與平凡都是會使人灼傷的。

我在夜市邊緣吵鬧的快炒店門口等待我的晚餐，黑色的鐵鍋底下是烈烈的火，裡頭是顧客大喊著討論當今政局，耳畔太吵雜了，語言系統很難判析語意。可是我仍然是想要聽懂的，聽懂這漫長的時間裡每一句掠過耳邊的話。其實這世界上應該沒有什麼不重要的。

終於拿到便當後，我又回頭望長長的街區裡湧動的人臉。我想，我的十七歲大約是一張書籤吧，被夾在字與句和時間之中。

努力想要看且聽清楚世界，世界總是無聲且震耳欲聾的。

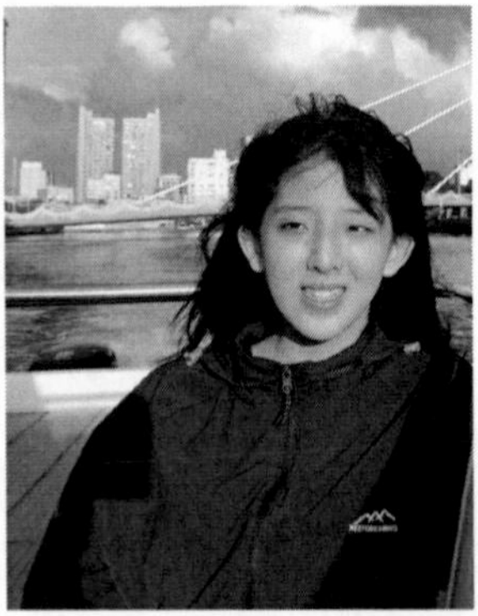

優選／蔡育慈
媽煮

作者簡介

來自嘉義靠山的竹崎高中，二〇〇六年生。每天上學都深受自然的日月精華所洗滌，學習讓自己能夠以最純樸的姿態更靠近這個世界一些。努力成為一個創作者，將這世界被他人忽略的角落，透過書寫帶進別人眼裡。

得獎感言

很開心〈媽煮〉一文能夠被紅樓文學獎肯定。透過媽祖遶境和媽媽煮青草茶的意象做一個結合，是一篇更貼近日常生活的描寫與紀錄。原以為創作已離日常生活越來越遙遠，竟能開心的從〈媽煮〉一文找回些許的吉光片羽。這些生活的千絲萬縷，連結出來的創作元素，歡喜能被評審看見。

媽煮

從各地前來的陣頭、藝閣花車等，恭迎媽祖鑾駕出廟門。鞭炮在媽祖廟前炸開，鑼鼓喧天聲緩緩將遶境人龍拉開，媽祖遶境活動正式開拔。眾信徒行走在迓媽祖的路陣中，虔誠地祈福、消災。

「三月肖媽祖」的遶境傳統習俗，本質內涵傳承台灣濃厚的人情味及信仰的真誠。遶境活動在香火裊裊中、在信眾行走間，感念媽祖護佑人民，讓大家在傳承的共同記憶中，延續這股信仰文化。

媽祖廣被恩澤護佑我成長的記憶，從童年延續到現今。從小多病的我，媽媽常帶我到附近的媽祖廟拜拜、鑽媽祖鑾轎、過延生橋等。不管是媽祖保佑我身體健康、消災厄；抑或自備芹、蔥、蒜，讓媽祖護我在考試及求學過程能在勤、聰、算中圓滿順利。這些祈求，讓我的成長與媽祖有了許多連結。

媽祖對我滿滿的庇護，變成我成長的符號，一份感恩回饋的心，每年在媽祖遶境活動擲筊確定前，媽媽和我即到田裡採收預為栽種的青草茶原料，分類曝曬幾日，再浸泡大水缸洗滌、攪動，直到青草茶原料如髮絲般鋪開，再撈起、瀝乾，準備熬煮。

煮青草茶是一門行深的功夫，往往隱晦、無人知曉的製作過程，仍要按部就班，才能煮出道地的青草茶。像是煮青草茶的灶間，待水滾開後，每隔一小時得掀開鍋蓋使勁翻攪青草茶原料。熬煮青草茶翻攪五到六次後，才可轉為文火慢熬。蒸煮間，為穩定青草茶的口感及味道，媽媽會憑經驗嗅聞空氣飄散的味道，酌量添加青草茶原料，調整口味。

「大火蒸煮、文火慢熬、翻攪、去渣、晾涼」媽媽煮的青草茶經過這五道千錘百鍊的工序，煮出一鍋鍋清熱退火、生津止渴的甘露，啜飲一口，舌尖先是微苦，青草茶滑到舌後，慢慢潤成甘甜，齒縫間餘留滿滿的清香，青草茶順著食道再轉進腸道，最終在身體竄出「心涼脾土開」的通暢。

媽媽煮青草茶的工序，雖比煎中藥繁複，但它的製程不像中藥帖，得循照君、臣、佐、使等標準配方去煎藥，主次藥方的藥材比重不可錯置、也不可增減，否則就失去藥的功效。而青草茶的原料可以自己栽種；自己調配草藥材的配方及比重，所有的熬煮過程，都在自主作為中，提煉出一鍋鍋自己屬意的口味。

媽媽煮的冬瓜茶，一樣可以收到生津退火及預防暑熱的效果。採摘自家田地的大冬瓜，係以專業嫁接法，生成的大冬瓜，如壯漢那般碩大，個個有百來斤重。收成後的冬瓜，媽媽拿起西瓜刀斬切，幾番功夫後，冬瓜切成如細細玉指般的冬瓜條。

切條後的冬瓜經過稱重，置入大皿器，按比例配放食用石灰。冬瓜條和石灰翻動攪拌勻稱後，在大皿器上方鋪上透明塑膠布，再以尼龍繩綁緊封存數日，等到食用石灰和冬瓜條緊密沾黏後，就可以準備上灶熬煮。

冬瓜條入鍋熬煮時，按著一層冬瓜條、一層紅糖（二砂糖）、一層黑糖比例放置後以文火慢熬。媽媽顛覆以往冬瓜茶甜膩的傳統，調降紅糖比例，加重降火氣黑糖的比例。熬煮時，添加了食用石灰的冬瓜條，可以固化冬瓜條，不致讓冬瓜在蒸煮時的粗纖維融入熬成的原汁中，達到保留冬瓜傳統風味的功效。

煮好的青草茶和冬瓜茶蔭涼後，裝瓶、冰鎮、置入小冷凍櫃、上車等繁瑣程序，才算大功告成。裝載一車的青草茶及冬瓜茶，被遶境的信眾捧為媽祖賜給限量的聖水，從此「媽煮牌」的青草茶及冬瓜茶稱號不脛而走。遶境途中，信眾從媽媽開的小發財車，爭相接過一瓶瓶的青草茶或冬瓜茶，在一陣咕嚕聲後，原本滿身大汗的信眾，都被這一瓶瓶的清涼收服。

媽媽和我參與媽祖遶境十年來，「媽煮牌」青草茶及冬瓜茶，已經和遶境的信眾培養出「解渴、降火氣」的品牌形象與默契，以後每年媽祖的遶境活動，媽媽和我仍會全程跟隨媽祖鑾駕，虔誠為信眾獻上清涼。

國立臺灣師範大學

第22屆紅樓現代文學獎暨全國高中紅樓文學獎徵件簡章

一、活動宗旨：提倡寫作風氣，提昇文學創作水準，培養文學創作人才。

二、主辦單位：國立臺灣師範大學文學院

承辦單位：國立臺灣師範大學全球華文寫作中心

三、徵件辦法：

（一）對象：

1.紅樓現代文學獎（大專組）：國立臺灣大學系統（國立臺灣師範大學、國立臺灣大學、國立臺灣科技大學）在學學生（含學位生、交換生、訪問生、雙聯學制生）均可參加。

2.全國高中紅樓文學獎：凡就讀設籍臺灣地區之各公私立高中（職）在學學生皆可參加（會提供投稿者參賽證明）。

（二）組別：

1.紅樓現代文學獎（大專組）共分4組，規定如下：

(1)現代小說：字數1萬字以內。

(2)現代散文：字數4千字以內。

（以上字數皆含標點、文章註解內容，以Word字數統計為依據）

(3)現代詩：行數40行以內，如為圖像詩作品請以A4排版，一頁以內。

(4)舞臺劇劇本：劇本劇幅演出時間約30-35分鐘。（約為Word檔12號字正常行距10-16頁篇幅。）

2.全國高中紅樓文學獎：散文類，字數一千五百字以內。

※高中紅樓文學獎目前僅開放散文類投稿。

（三）收件日期：民國一一二年三月十五日至一一二月三月三十一日。

（四）收件方式：採網路收件。

（五）投稿方式：

1.作品稿件格式請務必下載本文附檔，並將下列三項資料上傳至報名系統（三月十五日開放，報名系統開放後，將於全球華文寫作中心官網暨臉書粉絲團公告）：

(1)作者資料表簽名掃描檔

(2)作品電子檔

(3)在學證明電子檔

2.文字作品形式：請使用Word檔、新細明體12號字（現代詩請用14號字）、A4直式橫書並編列頁碼。檔案名稱為「組別_姓名_作品名」。

3.大專組每人可同時投稿2組以上，但每組限投1件。

4.全國高中生請投稿高中生散文組，限投1件。

5. 若投稿後未收到回覆，請主動與承辦單位聯繫。
6. 活動簡章、作者資料表、投稿範例請至「全球華文寫作中心網站暨臉書粉絲團」（https://reurl.cc/KXEZgM）下載。

（六）注意事項：

1. 作者投稿時須為在學學生，休學及應屆畢業生辦理離校手續後不得投件。
2. 請自留底稿，應徵作品無論入選與否，恕不退還。
3. 作品須為原創且未曾於任何公開媒體、網路、出版品中發表，亦不得一稿數投；作品中任何文字、影像、聲音素材均不得抄襲或侵犯他人著作權及其他權利，如有觸犯法律之情事，責任由投稿者自負，與主辦單位及承辦單位無關。若違反上述規定，將取消其參賽資格，已得獎者，追回其獎狀及獎金。
4. 作者擁有著作財產權及出版授予權，唯主辦單位及承辦單位擁有得獎作品之保存、重製、轉載、公開傳輸、公開播送、公開展示及編輯、出版之權利。
5. 凡入圍者須本人或代理人出席入圍決審會議、頒獎典禮，否則取消獎金。
6. 請勿於作品中透露如作者姓名等易引發評審公平性疑慮之內容。
7. 若作者或作品不符上述徵件辦法之規定，一律不予接受。

四、重要日程：

（一）決審入圍名單公告：一一二年四月底至五月初（確切時間將公告於「全球華文寫作中心網

站暨臉書粉絲團」）。

（二）決審會議：一一二年四月至五月底（確切時間將公告於「全球華文寫作中心網站暨臉書粉絲團」）。

（三）頒獎典禮：時間、地點另行通知

五、評審程序：

（一）初審：由承辦單位組成評審工作小組，檢視作者資格與作品規格，並協調後續評審工作。

（二）複審：初審合格之作品送交複審評審，決定決審入圍名單後，公布於「全球華文寫作中心網站暨臉書粉絲團」。

（三）決審：由校內外學者專家擔任決審評審，每組別3位評審，並於決審會議後公佈得獎結果。

1. 為維持得獎作品水準，入圍作品若未臻理想，該獎項名次得從缺。

2. 入圍者須本人或代理人出席入圍決審會議與頒獎典禮。

六、獎勵辦法：

（一）獎金與獎狀

組別	首獎（一名）	評審獎（一名）	佳作（三名）
現代小說組	一萬元	八千元	三千元
現代散文組	八千元	六千元	三千元
現代詩組	八千元	六千元	三千元

組別	首獎（一名）	評審獎（一名）	佳作（三名）
舞台劇劇本組	一萬元	八千元	三千元（取一名）
高中生散文組	—	—	三千元（優選取十名）

※每組獎額得依當屆情形，由評審委員會議依實際情況調整決定。

（二）各組得獎作品得由主辦單位集結成冊，出版後致贈每位得獎者二本，不另支稿費。

（三）得獎者須於得獎（決審會議）後一週內繳交得獎感言及照片，否則承辦單位得取消得獎資格。

（四）獲獎後若因畢業、離校或離境等因素無法由本人簽署領據並領取獎金者，請提前主動告知承辦單位，同時出示代領切結書與代領人身分證明。

七、凡送件參賽即視為同意本徵選簡章，對評審之決議不得異議。其他未盡事宜，得由評審工作小組開會決定，另行公告。

八、全球華文寫作中心官網紅樓文學獎專區 https://www.gcwc.ntnu.edu.tw/index.php/rhindex/
全球華文寫作中心臉書粉絲專頁 https://www.facebook.com/ntnu.GCWC

九、如有紅樓文學獎相關參獎問題，請聯繫第22屆紅樓文學獎工作小組 ntnu.honglou@gmail.com。

語言文學類　PG2996

留給明天的灰塵
——國立臺灣師範大學第22屆紅樓現代文學獎暨全國高中紅樓文學獎得獎作品集

作　　者／林良等
主辦單位／國立臺灣師範大學文學院
承辦單位／國立臺灣師範大學全球華文寫作中心
協辦單位／財團法人臺大系統文化基金會
總召集人／須文蔚、徐國能
執行團隊／簡乃韶、伍筱媛、黃羽梃、辛品嫺、王有庠、李采庭

出版單位／國立臺灣師範大學
地址：臺北市大安區和平東路一段一六二號
編印發行／秀威資訊科技股份有限公司
114台北市內湖區瑞光路76巷65號1樓
電話：+886-2-2796-3638　傳真：+886-2-2796-1377
http://www.showwe.com.tw
劃撥帳號／19563868　戶名：秀威資訊科技股份有限公司
讀者服務信箱：service@showwe.com.tw
展售門市／國家書店（松江門市）
104台北市中山區松江路209號1樓
電話：+886-2-2518-0207　傳真：+886-2-2518-0778
網路訂購／秀威網路書店：https://store.showwe.tw
國家網路書店：https://www.govbooks.com.tw

GPN：1011201297
2023年10月　BOD一版
定價：390元
版權所有　翻印必究
本書如有缺頁、破損或裝訂錯誤，請寄回更換

Copyright©2023
Printed in Taiwan
All Rights Reserved

國家圖書館出版品預行編目

留給明天的灰塵：國立臺灣師範大學第22屆紅樓現代文學獎暨全國高中紅樓文學獎得獎作品集 / 林良等作. -- 一版. -- 臺北市：國立臺灣師範大學, 2023.10

面；　公分. -- (語言文學類；PG2996)

BOD版

ISBN 978-626-7053-22-5 (平裝)

863.3　　　　112016164